お見合いしたくなかったので、
無理難題な条件をつけたら
同級生が来た件について
4
「もう一度、お願いできますか？
……今度は姿勢を変えて」
高瀬川由弦（たかせがわゆづる）
雪城愛理沙（ゆきしろありさ）
JN091844

「俺は幸せ者だよ。こんな綺麗で可愛らしくて、
料理も上手な人と結婚できるなんて」
「私も……幸せです」

「由弦さんのことが好きな、
女の子が、婚約者が、
水着になっているんですよ？
……何か、言わなければ
いけないことが、ありますよね？」

「由弦さん……こっちを、
見てくれませんか？」
由弦の背中に柔らかい物が触れた。
愛理沙が後ろから抱き着いたのだ。

お見合いしたくなかったので、無理難題な条件をつけたら同級生が来た件について4

桜木桜

角川スニーカー文庫

23171

Contents

story by sakuragisakura
illustration by clear
designed by AFTERGLOW

第一章　婚約者とお花見

三月の下旬。

ホワイトデーの後の日曜日。

「……お邪魔します。由弦さん」

「ああ、上がってくれ」

今までと変わらず、愛理沙は由弦の部屋にやってきた。

以前と変わらない調子で対応する由弦に対して、愛理沙はどこか、そわそわとした様子だ。

「……どうした？　愛理沙。何か、気になることでも？」

落ち着かない様子で腰を下ろす愛理沙に珈琲を出しながら由弦はそう尋ねた。

すると愛理沙は僅かに頰を赤らめ、亜麻色の髪を弄りながら答えた。

「そ、その……私たち、本当の婚約者になったんですよね？　その、恋人に」

「え？　あ、ああ……まあ、そうだね。恋人になって初めてのデート、ということになるのかな？」

家デートをデートに含めて良いならば、今回は記念すべき日になるというわけだ。

もっとも、あまりそういうことを考えていなかった由弦は何も用意できていない。

「……記念にちゃんとしたデートがしたかった？」

「あ、いえ。別に全然、そういうわけじゃないんですけれど……」

少し心配になった由弦の問いに、愛理沙は慌てた様子で手を振りながら否定した。

「その……恋人になったからには、何か変わるのかなと……少しだけ」

「あぁ……なるほどね」

由弦は思わず苦笑した。

今まで由弦と愛理沙は偽りの〝婚約者〟だった。

しかし今は名実ともに本当の婚約者であり、そして恋人同士である。

……だが、今のところは肩書きが変わっただけだ。

実際のところ、こうして想いを伝え合い、正式なお付き合いを始める前から由弦と愛理沙は十分、恋人らしいことをしてきた。

実態は今のところ、何も変わっていない。

「普通の恋人って……何をするんでしょうか？」

「何をって……手を繋いだり？」

「もう、してますよね」

「まあ、そうだね」

初めて手を繋いだのがいつだったか、由弦は覚えていなかった。

夏祭りの時に、自然な感じで手を繋いだことと……

正月に由弦の方から積極的に愛理沙の手を求めたことは覚えている。

（ハグ……も、もうやったな）

クリスマスの時に愛理沙を抱きしめたことを、由弦は思い出した。

とても温かく、柔らかかったことを覚えていた。

手繋ぎ、抱擁の次は……。

「……キス、とか」

ポツリと、愛理沙が呟いた。

そしてすぐさま愛理沙は自分の口を塞いだ。

一瞬で顔が真っ赤に染まる。

「い、いや、い、今のは、その……た、例えばの話であって、その、したいとか、そんなんじゃ……」

慌てた様子で自分の発言を否定する愛理沙。

そんな愛理沙に対し、僅かに顔を赤くした由弦は尋ねる。

「……したくないのか？」

「い、いや、その……」

「俺はできれば、したいと思っているよ」

由弦はそう言って愛理沙の手を取った。

そしてじっと、愛理沙の顔を見つめる。

真っ直ぐに自分を見つめる蒼玉の瞳に対し、愛理沙はその長い睫毛の奥で煌めく翠玉の瞳を僅かに逸らした。

やや俯きながら、恥ずかしそうに視線を泳がせる。

「そ、その……そういうわけじゃ、ないんですけれど……」

「どっちだ？」

由弦は両手の力を強めた。

一方、由弦に迫られた愛理沙は逃げ道を探すように視線を泳がせるが……

由弦に両手を摑まれている以上、逃げ道はない。

「…………」

愛理沙は弱々しい表情で、僅かに視線を上げた。

上目遣いに由弦を見上げながら、その艶やかな唇を動かす。

「し、したい、です……」

二人はじっと、見つめ合った。

とても恥ずかしく、こそばゆく、目を逸らしたかったが……どういうわけか、互いの瞳から目を逸らすことができなかった。

沈黙が場を支配する。

時を刻むのは互いに激しく脈打つ、心臓の鼓動だけだった。

「……しても良いか？」

最初に口を開いたのは由弦だった。

その問いに対して愛理沙は……無言だった。

由弦はゆっくりと、愛理沙に顔を近づけた。

艶やかなその唇へ、自分の口を押し当て……

その直前で、由弦は動きを止めた。

愛理沙が両手で由弦の胸を僅かに押したからだ。

とても弱々しく、力は全く籠もってはいなかったが……

それは拒絶の意志表示だった。

「……嫌だった？」

心配になった由弦は愛理沙に尋ねた。

一方の愛理沙は顔を真っ赤にしたまま、首を左右に振った。

「い、いえ……嫌ではないです。嫌では、ないんですけれど……」

「けれど？」

愛理沙は僅かに顔を俯かせ、亜麻色の前髪越しに由弦を見上げながら答えた。

「は、恥ずかしくて……」

愛理沙はそう言って真っ赤に染まった顔を両手で隠し、プルプルと震えてみせた。

そんな愛理沙の態度に由弦は思わず、呟く。

「……可愛い」

「ふぇ⁉」

「い、いや、何でもない」

思わず漏れ出てしまった感想を誤魔化しながら、由弦は内心でホッと息をついた。

少なくとも愛理沙が由弦のことを嫌悪していたり、性的な接触に対して過度な恐怖感を抱いていたりするというわけではないようだ。

「まあ、そうか。……恥ずかしい、か。そうだね、うん」

由弦は愛理沙の返答に共感するように口にした。

由弦自身の気持ちとしては、全く恥ずかしくないわけではないが……それ以上に愛理沙と触れ合いたい気持ちが優る。

とはいえ、愛理沙の意志を捻じ曲げて強引に事を進めるのは本意ではなかった。

だから愛理沙が由弦に気を遣い、もしくは嫌われることに恐怖して、乗り気ではないのに由弦の接吻に応じる……ということがないように、愛理沙に共感の意を示したのだ。

「あの、い、嫌では、ないんですよ？　ただ、その……は、恥ずかしくて……」

一方、愛理沙は言い繕うように、言い訳をするようにそう言った。

由弦の機嫌を窺うような、そんな表情だった。

その翡翠色の瞳には不安と恐怖の色が浮かんでいた。

「うん、分かっているよ。大丈夫だ」

愛理沙の不安を打ち消すように、由弦は穏やかな声でそう言った。

そして優しく愛理沙の髪を撫でる。

すると安心したのか、とろんと目を蕩けさせた。

愛理沙は体の力を抜き、由弦の胸板に凭れ掛かった。

「……少しずつ、進めていこう。時間はまだあるからさ」

「はい」

愛理沙はギュッと由弦の服を掴みながら小さな声で返事をした。

それから上目遣いに由弦を見上げ……

「その、練習……しませんか？」

そんな提案をした。由弦は思わず聞き返す。

「……練習？」

「は、はい」

愛理沙は頬を赤らめながら小さく頷(うなず)いた。

「その、最初から唇は……は、恥ずかしいので……」

「な、なるほど」

由弦は頬を掻(か)きながら頷いた。そして内心で独り言(ご)ちる。

（あ、焦り過ぎたな……）

冷静に考えてみれば、普通はもっと軽いスキンシップから入るものだ。

いきなり接吻に持って行こうとすれば、拒絶されるのも当然の話だ。

（だ、ダメだな……少し余裕がなかった……）

余裕を持っての行動を心掛け、そして実際に余裕を持っていたつもりではあったが……

実際は気付かないうちに冷静な判断力を喪失していたようだった。

要するに未経験童貞ムービングをしてしまったわけである。

「由弦さん？　どうかされましたか？」

黙ってしまった由弦に対して愛理沙が声を掛けた。

由弦は我に返る。

「いや、少し考え事を……練習というのは、具体的にはどんな感じのことなのかなと」

慌てて由弦は誤魔化した。

一方の愛理沙は由弦の問いに対して、頬を赤らめたまま小さな声で答える。

「えっと、その……最初は唇以外から、例えば、そう……ほっぺとか」

反射的に由弦は愛理沙の頬へと視線を向ける。

白く柔らかく滑らかだ。触れればきっと、プニプニと柔らかいだろう。

「そうか。じゃあ……頬から……」

由弦はできるだけ自然に愛理沙を抱き寄せた。

愛理沙はそれを受け入れるように、瞼を閉じる。

そして……


「や、やっぱり顔はダメです!!」

愛理沙のそんな言葉に、由弦は動きを止めた。

由弦が唇を押し当てようとしたその頬は、紅く色づいていた。

恥ずかしそうに愛理沙は身を捩り、それからすぐにハッとした表情で由弦を見上げる。

「いや、その……由弦さんが嫌というわけじゃなくて……」

「大丈夫、分かっているよ」

愛理沙が単純に恥ずかしがっているだけということは分かっている。

……そうでなければ、立ち直れない自信が由弦にはあった。

「唇が上級者向けなら、頰は中級者向けって感じだもんね」

「そ、そうです。私たちは初心者なので、最初は初心者向けのところからしましょう」

果たして接吻に初心者も上級者もあるのか、分からなかったが……

由弦と愛理沙の間ではそういうことになった。

「しかし初心者向けのキスというのは……どういうのだ？」

「それは……えっと……」

頰と唇以外に接吻をする場所など、恋愛経験が少ない由弦と愛理沙には咄嗟に浮かばなかった。

うんうんと悩む二人だったが……

「そうだね。こういうのは、どうかな？」

何かを思いついた由弦はそっと、愛理沙の手を取った。

愛理沙はきょとんと首を傾げる。

「由弦さん？」

由弦は愛理沙に対して微笑んでみせてから、愛理沙の白い手へと視線を向けた。

普段、洗い物などの家事をしているにもかかわらず、愛理沙の手にはあかぎれなどはなく、とても綺麗だった。

きちんと短く切られた爪も、艶々と輝いている。

ほっそりとした指には産毛一本すら生えていない。

薬指には由弦がプレゼントした、銀色のリングが光っていた。

毎日、きちんと手入れをしていることが窺える。

そんな白雪のように神聖な少女の手の甲へ……

「あっ……」

由弦はそっと唇を落とした。

唇の感触に愛理沙は小さな声を漏らした。

「どうかな？」

「これなら……大丈夫です」

愛理沙は僅かに顔を逸らし、片方の手で胸を押さえながらそう言った。

それからそっと、視線だけを由弦へと向ける。

「その……もう一度、お願いできますか？　……今度は姿勢を変えて」

「姿勢を？」

愛理沙は小さく頷くと、そっと立ち上がった。

そして由弦の方へ、手の甲を差し出した。

「その、こういうの……憧れてて……」

「あぁ……なるほど」

由弦は立ち上がり、愛理沙へと向き直る。

それから片膝をつき、愛理沙の手を優しく取った。

そして唇を愛理沙の手の甲へと、押し当てた。

「如何ですか？」

冗談めかしながら、由弦はそう尋ねる。

「……すごくいいです」

愛理沙はもう片方の手で胸を押さえ、恍惚とした表情でそう答えた。

瞳を蕩けさせ、体を快感に震わせているその姿はとても扇情的だった。

由弦はそんな愛理沙を見つめながら、再び接吻をする。

「んぁ……」

小さな吐息を漏らし、愛理沙は体を悶えさせた。

プルプルと足を震わせ、そしてへなへなと崩れ落ちるように倒れ込む。

由弦はそんな愛理沙をそっと、抱きとめた。

脱力した様子の愛理沙を支え、ゆっくりと腰を下ろさせる。

愛理沙はペタンと割り座で座り込んだ。

腰が抜けてしまった様子だ。

「……そんなに良かった？」

顔を俯かせて震えている愛理沙に由弦は尋ねた。

前髪で隠れているため表情は窺えないが、髪から覗く耳は真っ赤に染まっている。

「……はい」

両手で体を支え、息を荒らげながら愛理沙は答えた。

そしてゆっくりと顔を上げる。

「また今度、お願いします」

「分かった。……でも、その前に愛理沙もしてくれ」

そう言って由弦は手の甲を差し出した。

すると愛理沙はこくんと小さく頷くと、由弦の手をそっと取った。

そしてゆっくりと、体を震わせながら……

僅かに唇を押し当てた。

「どうですか？」

「悪くない、かな。……君は？」

由弦は目を細めて答えた。

とはいえ、さすがに愛理沙のように腰が抜けるということはない。

悪くはないが……良いというわけでもないというのが由弦の本音だった。

「私も……悪くはないです」

何か思ってたのと違う。

そんなことを言いたげに愛理沙は首を傾げていた。

人にされるのと人にするのでは、当然だが感じ方が違うらしい。

手の甲へのキスについては、少なくとも愛理沙はされるのは好きだが、するのは好きではないらしい。

「まあ、これから練習を重ねていこう」

「そう……ですね。はい、私も調べてみます」

一先ず、接吻の練習はここでお開きとなった。

愛理沙も力が戻ったのか、姿勢をピンと正した。

「ところで由弦さん。もう桜の季節じゃないですか」

唐突に愛理沙は話題を変えた。由弦もそれに乗る形で相槌を打つ。

「もう咲き始めてるね」

見頃になるまではもう少し掛かるかもしれないが。

すでにちらほらと、蕾が開き始めている。

「春季休暇、お花見に行きませんか？　……二人で」

珍しく、愛理沙からのデートのお誘いだった。

ギュッと、愛理沙は両手の拳を握りしめてみせる。

「美味しいお料理を作りますよ」

「それはありがたい。だけど……」

由弦は春季休暇の予定を思い出し、頬を掻いた。

「ダメですか？」

「春は予定が……家族で海外旅行に行く予定があってね」

毎年、春季休暇の時期には家族で海外旅行に行くのが高瀬川家の恒例行事だった。

すでに飛行機やホテルの手配は済んでいるため、それをキャンセルするわけにはいかない。

それに愛理沙といる時間も大切だが、家族と共にいる時間もないがしろにはできない。

「そう、ですか……それなら仕方がないですね……」

しょんぼりと、愛理沙は肩を落とした。

本当は由弦の方から春季休暇は予定があることを切り出し、デートはできない旨を伝えるつもりだったのだが……。

不可抗力にも愛理沙の誘いを断るという形になってしまい、少し傷つけてしまったことを由弦は反省した。

「まあ、春季休暇中ずっとというわけではないから……始めと終わりの方のどこかの日なら、空けられるよ」

「……いえ、それでも準備があるでしょう？　帰って来てからはきっと疲れていると思いますよ。無理にはお誘いできません」

愛理沙はそう言って首を左右に振った。

由弦を気遣ってのことだが、しかし愛理沙とのお花見をしたい気持ちもある由弦としては少し残念だ。

「いや、まあお花見くらいならそんなに……」

「四月にしましょう。由弦さんが帰って来てから。万全の状態で」

愛理沙の提案に由弦は頷いた。

「うん、それが良いね」

桜は逃げない……

というわけではなく、時期には限りはあるが、しかし春季休暇にしか花見に行けないというわけではないのだ。

「それにしても、旅行……ですか。どこに行かれるんですか？」

「今回はニューカレドニアに」

「……へぇ。確か、フランスですよね？」

「まあ、一応……フランス旅行かと言われると微妙だけど」

ニューカレドニアはメラネシアにあるフランスの海外領土だ。

「……その、寂しいのでお電話をいただけますか？　少しで良いので」

愛理沙の可愛らしい要求に対し、由弦は頷いた。

「分かった。……俺も寂しいし。それに君の声も聴きたい」

「ふふ……」

由弦の言葉に愛理沙は小さく笑った。

そして小指を突き出す。

「約束、ですからね」

「ああ、約束だ」

そっと、由弦と愛理沙は指を絡めた。

※

「ねぇねぇ、兄さん！　どう、似合う？」

由弦の目の前でラッシュガードを脱ぎ、クルッと目の前で回転してみせたのは美しい黒髪に、澄んだような青い瞳の少女だった。

ピンク色の可愛らしいビキニにパレオを巻いている。

記憶よりも発育が良くなっている、来月で中学三年生になる妹――高瀬川彩弓――の問いに対し、由弦は僅かな愛想笑いを浮かべて答えた。

「似合っているよ」

本音半分、社交辞令半分で由弦がそう返すと彩弓は両手で体を隠した。

「えぇー、兄さんのエッチ！」

「じゃあ似合ってない」

「えぇー、兄さん酷い！」

「じゃあ、何て言えばいいんだよ」

「あはははは」

何が楽しいのか、ケラケラと大笑いする彩弓。

リゾート気分もあってか、ご機嫌な様子だ。

そういうところはまだまだ子供だなと、由弦は自分を棚に上げた。

……ハイテンションの彩弓に付き合ってあげられるほど、由弦も気分が良いからだ。

「晴れて良かった」

「そうだねぇー」

由弦と彩弓は目の前に広がる、美しい海へと視線を向ける。

わざわざ説明するまでもない。

絵に描いたような南国のリゾート地だ。

「日本はまだ寒いし……帰りたくないなぁー」

「そんなことを言って。どうせ、あと一週間もしたら早く日本に帰りたいと言うんだろう？　君はいつもそうだ」

「今回は違うもん！」

「それは結構。駄々を捏ねないでくれよ」

「そんな年じゃないし！」

と主張する彩弓の言葉は嘘ではない。

少なくとも去年は「帰りたい」と言って両親を困らせることはなかった。

もっとも一昨年は散々に駄々を捏ねたのだが。

「あぁ……そうだ」

日本に帰りたい。

と、そんな話をしたところで由弦はふと思いつき……

水着のポケットに入れていた携帯を取り出した。

「写真撮るの？　珍しい」

「愛理沙に送ろうかなって」

「あぁー……」

彩弓は納得の声を上げた。

その顔には呆れと揶揄いの色が浮かんでいた。

由弦はそんな彩弓の態度に鼻を鳴らしながら、数枚の写真を撮る。

とそこで……

「ねぇねぇ、兄さん。私も撮って！」

彩弓はピースをしながら携帯の前に出てきた。

ニコニコと満面の笑みを浮かべている。

「インスタに乗せるから」

「……まあ、良いけど。個人情報には気を付けろよ」

「分かってる、分かってる」

カシャリ、カシャリと由弦は写真を撮る。

最初はただのピースだった彩弓だが、気分が乗ってきたのかまるでモデルのような大胆なポーズをとり始める。

「どう、兄さん。色っぽい？」

「はいはい、色っぽい、色っぽい」

「本当にそう思ってる？」

と、そんなやり取り。

それから彩弓は自らの携帯も取り出した。

「兄さんも一緒に写って」

「別に構わないが……ネットに載せるのはやめてくれ。あまりそういうのは好きじゃない」

「分かってるって。友達に見せるだけだから」

「……俺の写真を？」

「可愛い妹が、自慢のお兄さんを見せびらかすの。別におかしくないでしょう？」

そう言って彩弓はニヤリと笑った。

その表情は先ほどまでの無邪気な笑みとは、少し雰囲気が違っていた。

（はぁ……なるほど）

こう見えて、と言うべきか、それとも見ての通りと言うべきか。

高瀬川彩弓という少女は中学校では女王様として君臨している……らしい。

どうやら〝カッコいい兄貴の写真〟は女王様にとっては権力誇示の道具の一つらしい。

もっとも、女性向け恋愛物に出てくる悪役のような振る舞いをしていないのであれば由弦としては特に言うことはない。

由弦は彩弓の自撮り写真に付き合ってあげることにした。

パシャパシャと慣れた手つきで写真を撮る彩弓。

「そうだ、後はお父さんとお母さんも……」

と、彩弓は自身の両親も誘おうと二人がいる方向を向いた。

が、しかしすぐに押し黙った。

というのも……

「もう、和弥さんのえっちぃー」

「俺は普通に塗っているだけだろ？　悪いのは君だよ」

イチャコラと、サンオイルを塗り合う高瀬川和弥と高瀬川彩由の姿がそこにはあった。

ビーチパラソルの下で、子供たちの目を気にせず、イチャイチャしている。

（しっかし、よくもまあ、あの年であんな大胆な水着を着る気になるな……）

彩弓どころか、去年の愛理沙の水着以上に〝セクシー〟な水着を着こなしている母親に対して、由弦は呆れれば良いのか尊敬すれば良いのか分からなかった。

「……邪魔しちゃ悪いね」

「まあ、そうだね」

幸いにもこのビーチは現在、貸し切り状態。

由弦と彩弓が邪魔をしなければ、二人の世界が壊される心配はないのだ。

子供に手が掛からなくなり、二度目の春を満喫している両親をわざわざ邪魔するほど二人は野暮ではなかった。

「弟とか妹とかできるのは、相続する財産が減るからやめて欲しいなぁー」

「さすがに今更増やさないだろう」

由弦と彩弓はそう言って顔を見合わせ、苦笑した。

※

「君、いい加減戻ったらどうだ？……もう時間も遅いぞ」

由弦の部屋でだらだらと長居する妹、彩弓に対して由弦は苦笑した。

高瀬川家がホテルで借りた部屋は三室。

一室が和弥・彩由夫妻、残りの二部屋はそれぞれ由弦と彩弓に割り振られていた。

が、しかし彩弓は自分の部屋があるにもかかわらず、ずっと由弦の部屋にいた。

手持ち無沙汰だが、しかし旅行に来てまで携帯ゲームで時間を潰したくない。それが彩弓の主張だった。

由弦も気持ちは分からなくもないので、彼女と共にチェスや将棋、ポーカー、麻雀(マージャン)などで遊んでいた。

なお、二人の両親である和弥と彩由は子供二人を放って、カジノで遊んでいる。

由弦と彩弓もカジノに付いていきたかったのだが……それは法律が許してくれなかった。

「ええー、じゃない。……明日の朝、起きられなくなっても知らないぞ？」

家でゴロゴロする分には結構だが。

旅行先で貴重な時間を潰すのは少し勿体ない。

「というか、俺もそろそろ眠いし」

「じゃあ、もう一戦！　もう一戦しよう!!」

麻雀牌を手に騒ぐ彩弓。

今のところは由弦が勝ち越している。もっとも、今回は金銭を賭けているわけではないので、その勝ち越しにはあまり意味はないのだが。

「そろそろ、愛理沙と電話する約束があるんだが」

仕方がないので、由弦は愛理沙をダシにして妹を追い払うことにした。

もっとも、電話をする約束はしたが、時刻の指定はしていない。

時差は日本の方が二時間遅れているので、もう少し遅くに掛けても愛理沙に迷惑が掛かることはない。

「仕方がないなぁ……」

さて、彩弓の方も愛理沙を理由に使われると無理にごねることはできないらしい。

ため息をつき、肩を竦める。

「……これは姪(めい)ができるのも近そうだね」

最後にそんなことを言い残し、立ち去っていく。

彩弓が去っていくのを確認してから、由弦は携帯を取り出した。

先ほどの言葉は半分嘘だが、今から電話をすれば本当になる。

「もしもし」

『はい、もしもし！』

嬉(うれ)しそうな愛理沙の声が聞こえてきた。

携帯の前で尻尾を振る彼女の姿を由弦は幻視した。

「そっちはどう？」

『お風呂上がりです。由弦さんは？』

「丁度、寝る前だから……君の声を聴きたいなと思って」

由弦がそう言って笑うと、愛理沙も小さく笑った。

『写真、見ましたよ。暖かそうですね。羨ましいです……』

三月の日本は少し暖かくはなってくる時期だが……まだまだ寒い。

それと比較するとこちらは暖かい。

とはいえ、どちらかと言うと愛理沙の〝羨ましい〟は気温よりも、旅行そのものへの言葉のように聞こえた。

幼い頃は旅行もそれなりに頻繁にしていたようだが、天城家に来てからは行ったことがない……とそんなことを由弦は愛理沙から聞いたことがあった。

「じゃあ、今度、機会があったら一緒に行こうか、南の島に」

『え、良いんですか？』

「いや、まあ……高校生のうちは、難しいかもしれないけれどね」

両親に頼めば来年、愛理沙を同行させることも可能……

とはいえ、家族水入らずの旅行がしたいと、暗に両親に言われれば由弦も無理にとは言えない。

「いずれにせよ、新婚旅行でどこかに行くだろう？」

『し、新婚……ちょ、ちょっと、は、早いですよぉ……』

上擦った声を上げる愛理沙。

まあ、確かに新婚旅行はまだまだずっと先の話だ。

必ず訪れる未来ではあるが。

「まあ、そうだね。それよりも……海に行ったりとかの方が先か」

『良いですね、海。由弦さんと行きたいです。……去年みたいな、プールでも良いですけれど』

そう言えば去年、愛理沙と共にプールに行ったなと。

由弦は思い出した。

あの時はまだ愛理沙と親しいとは……言えないわけではないが、少なくとも今のような関係ではなかった。

……今なら、もう少し違った楽しみ方があるだろう。

『あ、あの、由弦さん』

「どうした？」

『その、私……あまり泳ぐのが得意ではなくて』

「ああ……そう言えば、そんなことを言っていたね」

二十五メートル泳げない。

と、そんなことを愛理沙が言っていたことを由弦は思い出した。

『はい。その、プールとかで遊ぶ分は全然、大丈夫なんですけれど……その、授業が……』

「良かったら、教えてあげようか？」

愛理沙が言わんとしていることを察した上で、由弦はそう答えた。

『良いんですか？』

「ああ、構わないよ」

そもそも愛理沙に泳ぎを教えてあげようかな……

と、そんなことは去年の夏、脳裏を過ったことだ。

なので由弦としては何の問題もない。

『ありがとうございます！　じゃあ、約束……ですね？』

「ああ、約束だ」

二人は今後のデートの約束をしてから、電話を切った。

※

さて、それからしばらくして……

春休みが明けた最初の登校日。

由弦の住むマンションまで愛理沙が迎えに来てくれた。

「おはようございます、由弦さん」

「おはよう、愛理沙」

「由弦さん……少し日に焼けましたね」

旅行から帰って来た後、由弦と愛理沙が顔を合わせたのは、これが初めてだ。

由弦は自身が写っている写真を何枚か愛理沙に送ったが、やはり写真と実物では少し見え方が違うようだ。

「まあ……南国だったからね」

もっとも日に焼けたと言っても僅かに変化に気付く程度。

真っ黒に焼けてきたというわけではない。

「その手に持っている物は、もしかして……」

「ああ、お土産だよ。学校についてから配ろうと思っててね。君にもあとであげるよ」

そう言って由弦は手に持っていた紙袋を軽く上げた。

ニューカレドニア土産だ。

なお、〝高瀬川家〟としての土産は全て郵送で日頃から〝お世話〟になっている方々へ送ることになっている。

由弦が持っているのは亜夜香たちへの、由弦からの個人的な土産だ。

それはそうと……

由弦は改めて愛理沙に対し、微笑みかけた。

「君に会えて嬉しいよ。ずっと恋しかった」

由弦がそう言うと愛理沙は僅かに頬を紅潮させ、軽く由弦の胸を叩いた。

「もう、やめてくださいよ！」

「……君は違うのか？」

恥ずかしがる愛理沙に対し、由弦はそう尋ねた。

　すると愛理沙は僅かに目を伏せて答える。

「それは……ま、まあ……」

　そして曖昧に言葉を濁す。

　そんな愛理沙に対して由弦は大きく両手を広げた。

「抱きしめて、良いかな？」

　すると愛理沙はその翡翠色の瞳を何度か、パチクリさせた。

　そして白い肌を薔薇色に染めた。

　それからチラチラと周囲の様子を窺い、誰もいないことを確認すると……

「由弦さん……」

　由弦の胸に飛び込んだ。

　そんな婚約者を由弦は両手で強く抱きしめる。

　美しい亜麻色の髪が由弦の鼻先を僅かに擽る。

　ほんのりとシャンプーの香りが漂って来た。

　婚約者の体はとても柔らかく、熱かった。

「……寂しかったです」

「すまなかった」

　こうして二人は僅か数週間、顔を合わせていなかった程度のことにもかかわらず、まるで数十年間離れ離れであったかのような再会を果たしたのだった。

「今日から二年生ですね」

「そうだね」

そんな他愛もない会話をしながら。

二人は手を繋いで登校していた。

「クラス、一緒になれると良いですね」

「そうか……そう言えばクラス替えがあったね」

愛理沙に言われて由弦はふと気付く。

二年生になるとクラスが一新されるのだ。

そうなると由弦と愛理沙は違うクラスになってしまう可能性が高まる。

「忘れてたんですか？」

「いや、まあ……あまり意識してなかったというのが正解かな？　少し緊張してきたよ」

もっとも、違うクラスになったからといって生き別れになるというわけでもない。

そもそも授業時間中に話せるわけでもないし……

休み時間に会話をする分には、クラスが同じだろうと違っていようとあまり関係ない。

「お正月にしたお祈り……効果があれば、きっと同じクラスですよ」

「……そうだね。二人分だし」

今年も二人、一緒にいられますように。

と、そんな願いを神社でお祈りしてきたことを二人は思い出した。

さて、そうこうしているうちに学校に到着した。

由弦と愛理沙は下駄箱近くで配布されている紙を受け取る。

そこには今年のクラス分けに関する詳細が書かれていた。

結果は……

「あ、同じだね」

「同じですね」

同じクラスだった。

ホッと、由弦と愛理沙は胸を撫で下ろした。

「……亜夜香さんと千春さん、天香さんも同じですね」

「宗一郎と聖も同じクラスか……」

親しい友人たちの名前を探して、気付く。

みんな同じクラスだったので。

「……偶然ですかね？」

「どうかな？　偶然……だとは思うが」

とはいえ、絶対に偶然とは言い切れない部分がないわけではない。

面倒くさそうな生徒を一つにまとめたと言われれば、そんな気がしないでもない。

「まあ、何だって良いじゃないか。行こう、愛理沙」

「そうですね」

さて教室に入ると、既に登校していた亜夜香に話しかけられた。

「やあやあ、ゆづるんに愛理沙ちゃん。……ゆづるん、日に焼けた？」

「まあね」

由弦は軽くそう返すと、紙袋からお土産を取り出した。

「はい、どうぞ」

「ありがとう。……ふーん。マカデミアナッツのチョコレートね。安直だね」

「無難と言って欲しいな」

それから由弦はもうすでに登校していた友人たち――千春、宗一郎、聖、天香――にチョコレートの入った箱を配った。

そして最後に愛理沙に箱を渡す。

「はい、愛理沙」

「ありがとうございます」

嬉しそうに愛理沙はチョコレートの箱を受け取った。

……箱に押し付けられて僅かに形が歪んだ胸を見て、由弦は目を逸らした。

「しかしマカデミアナッツか……被りだな」

そう言いながら宗一郎は立ち上がり、持っていた紙袋から箱を取り出した。

そして由弦と愛理沙に渡す。

「ありがとう。……今年もハワイだったっけ？」

「まあな」

佐竹家は毎年、春にハワイに行くのだ。

……野球チームが一つできるくらいの子供がいるのが彼の家族だ。

それはもう賑やかな旅だろう。

「では雪城さんにも」

「はい、ありがとうございます」

次に宗一郎は愛理沙に箱を渡した。

お礼を言う愛理沙……をじっと見つめる宗一郎。

「どうしましたか？」

きょとん、と首を傾げる愛理沙。

そんな愛理沙に宗一郎は尋ねる。

「今度から愛理沙さんとお呼びしても？」

「はい、別に構いませんが……」

急にどうしたんですか？　という表情を浮かべる愛理沙。

「いや……雪城さんは高瀬川さんになるそうじゃないか」

宗一郎の言葉を、一瞬愛理沙は理解できていない様子だった。

が、しかし数瞬遅れて顔を真っ赤に染めた。

「そ、それは……」

「将来的に呼び方を改めるのであれば、今のうちにと思ってな。……どうかな？」

「ぜひ！　ぜひそれでお願いします!!」

ガクガクと首を縦に振りながら、興奮した様子で愛理沙は言った。

そして小声で「高瀬川愛理沙……高瀬川愛理沙……」と呟いてニヤニヤする。

……婚約者が残念な子になってしまった。

由弦は愛理沙を見て何とも言えない微妙な気持ちになった。

※

それは始業式の日の夜のこと。

『はい、もしもし』

「あ、亜夜香さん……今、大丈夫ですか？」

愛理沙は亜夜香に電話を掛けた。

『うん？　まあ、いいけど……どうしたの？』

「その……ご相談がありまして」

『うんうん』

「由弦さんって、どういう女性が好きなんですか？」

『……金髪巨乳美少女じゃない？』

「い、いや、そういうことではなくてですね……」

遠回しに聞き過ぎたと、愛理沙は反省する。

「その……奥手で清楚な女性が、多分、好みじゃないかなと……思うんです」

『うーん、まあ、そうなんじゃない？　実際、愛理沙ちゃんのそういうところが好きなんでしょ？　……それがどうしたの？』

「逆に……奥手過ぎると、どうかな、と思いまして」

『どうかなぁ。幼馴染みとはいえ、ゆづるんの性癖事情に詳しいかと言われると微妙なところだし……まあ、でも、一般論として、あまりに奥手過ぎると、イライラするかもね』

亜夜香の言葉に愛理沙は小さく肩を落とした。

「そ、そう……ですよね」

『いや、度合いに依るとは思うけどね？　……何かあったの？』

「実は……」

そこで愛理沙は事の経緯——由弦とキスをしようとしたが、できなかったこと——を話した。

あの時はどうしても恥ずかしい気持ちでいっぱいになってしまい、できなかった。

幸いにも由弦の方は特に気にした様子はなく、少しずつ進めて行こうと励ましてくれた。

それに唇と唇や、頰への接吻こそできなかったものの、手の甲などに口付けをするくらいならできた。

だから愛理沙としては順調だと思っていたが……

「やっぱり、由弦さんもしたいのかなと思うと……その、ガッカリしたり、内心ではイライラしたりしてないかなって……」

『まあ、ゆづるんの息子はイライラしてそうだけどね』

「むすこ……？　って、そ、そういう意味ではなくて……」

亜夜香の言葉の意味に気付いた途端、愛理沙の顔が真っ赤に染まる。

『分かってる、分かってる。冗談、冗談』

ケラケラと電話の向こう側で亜夜香は笑った。

それから切り替わったように、真剣な声音で亜夜香は言った。

『そもそも、ゆづるんと愛理沙ちゃんって、付き合って一か月……みたいなものでしょ?』

「えっと……まあ、そうですね」

実質的にどうだったのかはともかくとして、お互いに男女の関係として再スタートしようということになったのは最近の話。

少し前まではあくまで異性の友達、偽りの婚約関係という立前があった。

『ゆづるんは気の長い方だからね。待ってくれると思うよ』

「そ、そうですか……?」

『不安?』

「ま、まあ……」

愛理沙は小さくため息をついた。

要するに愛理沙の相談は「自分が奥手過ぎることで由弦に嫌われたりしないだろうか?」というものだった。

もちろん、愛理沙も由弦がその程度のことで自分を嫌うような人ではないことは知っている。

だが、何も思わないかどうかは、別の話だ。

少しでも愛理沙のことを「面倒くさい女だ」と思うかもしれない。

そう思うと愛理沙は不安になってしまうのだ。

「由弦さんは……魅力的な男性ですし、結婚したいという女の子も、きっとたくさんいるでしょうし……もし仮に、私よりも、そういうことに積極的な子がいたら……」

『取られたりしないか、不安なのね』

「そう、ですね。もちろん、由弦さんは浮気とかは、しない人だとは分かっていますけど……」

浮気のような、不誠実なことをする人ではない。

ただ、好きではない女と結婚してくれる人でもない。

「申し訳ない。君とは……結婚する気になれない」と正面から言うような人だ。

『ふむ……』

亜夜香は少し考えてから答えた。

『真面目な話をするとここまで進んだ婚約は、そう簡単に破談にはできないね』

亜夜香は断言するように言った。

「それは……信用問題になるからですか？」

『それもあるし……婚約を主導した先代当主と、今代当主の顔に泥を塗ることも、できない。あと、単純に男女関係は醜聞になり易いからね。家の名にも傷がつくし』

「なるほど……」

『ただし、絶対にあり得ないということもないけどね。婚約段階なら、評判を気にしなければ、いくらでもひっくり返せるのも事実』

「そ、そう、ですか」

『まあ、人間関係に絶対はないからね』

今更、婚約をひっくり返せば、多大な損失が生じる。

とはいえ、結婚してから問題を引き起こされるよりはマシと考えることもできる。

由弦と愛理沙の関係が今後、著しく険悪になれば、〝損切り〟として破談になることはあり得なくもない……と、亜夜香は語った。

『愛理沙ちゃん以外にも、婚約者〝候補〟だった人なら……身近にいるし。

と、言いかけて口を噤んだ。

可能性の低いたられぱの話や、とっくに白紙になった過去のあれこれを話しても、愛理沙を不必要に不安にさせるだけだ。

こんなことは空から巨大隕石が降って来る可能性を考えるくらい、無駄なことだ。

『まあ、前向きに捉えなよ。もし愛理沙ちゃんがゆづるんのことを嫌いになったら、最悪、フってもいいんだって』

「私が由弦さんのことを嫌いになるなんて、正直、あり得ないかなと思いますが……」

『はいはい、惚気、惚気。それと同じくらい、ゆづるんが愛理沙ちゃんのことを嫌いになるのはあり得ないからね。安心、安心』

「そ、そうですか？　……そうですよね！　由弦さんは私のこと、大好きですもんね！」

由弦との関係に太鼓判を押されたことで、元気が出てきたらしい。

愛理沙は嬉しそうに「えへへへ……」と笑った。

電話の向こう側の亜夜香は内心で（気持ちの悪い声で笑うなぁ……）と思ったが、口には出さなかった。

『というか、キスができないなら、相手にさせればいいじゃない』

「……どういうことですか？」

亜夜香の言葉に愛理沙は首を傾げる。

『仮にゆづるんが、愛理沙ちゃんとキスしたくてしたくて、たまらないとして』

「はい」

『ゆづるんの方は、逆に、無理にキスをして、愛理沙ちゃんに嫌われないか……って、思ってるはず』

「ふむ……」

『そこで愛理沙ちゃんが、さりげなく、そういう雰囲気を作れば……ゆづるんの方から、これはイケるんじゃないか？　って判断して、愛理沙ちゃんにキスしてくれるというわけ。あとは身を任せれば良いよ』

なるほどと、愛理沙は頷いた。

正直なところ、愛理沙の方から由弦に接吻をしようと言い出したり、しようとしたりするのには抵抗がある。

はしたないと思われたくないという気持ちもあるし、何より恥ずかしくて、体が止まってしまう。

しかし由弦に任せれば……

愛理沙の方はされるがままになっていれば良い。

（されるがまま……）

と、そこまで考えて、愛理沙は自分の体の奥がカッと熱くなるのを感じた。

由弦にされるがまま、好き放題にされてしまうと考えるだけで、どこかむず痒い気持ちになる。

『愛理沙ちゃん？　聞こえてる？』

「え、あ、はい。何でしょうか？」

『いや、急に黙っちゃったから、切れちゃったのかと』

「いえ、大丈夫です。……考え事をしていただけです」

『へぇ……えっちなこと？』

クスッと笑いながら、亜夜香はそう尋ねた。

愛理沙は自分の耳が熱くなるのを感じた。

「そ、そ、そんなわけ、な、ないじゃないですか！」

『いや、そこまで大声で否定しなくとも……図星だった？』

「ち、違います！　そ、その……か、考えてたんです。えっと……ほら、具体的に、どうすれば良いのかなって……ありますか？」

『うーん』

愛理沙の問いに亜夜香は少し考え込む様子を見せてから答える。

『まあ、分かりやすいものだと、ボディタッチとか？』

「……手を握るとかですか？」

ボディタッチと言われても、愛理沙にはそれくらいしか思い浮かばなかった。

一方、亜夜香は呆れたような声を出す。

『そんな幼稚園児じゃないんだから』

「じゃ、じゃあ、どうするんですか！」

『そうだねぇ……愛理沙ちゃんにできる範囲内だと……肩に頭を乗せるとか？』

「首を傾けるような感じですか？」

愛理沙は頭の中で、由弦の肩に頭を乗せる自分を想像した。

……そして、また顔を赤く染める。

『そうそう。体重を預ける感じ、寄り掛かる感じでね』

「なるほど」

『あと、腕を組んだりして……さりげなく、胸を押し付けるようにすれば完璧だね』

「む、胸、ですか……」

愛理沙は息を飲んだ。

偶然に触れてしまうならともかくとして、自分から触らせに行くのはそれなりに度胸がいる。

『せっかく、大きいおっぱいしてるんだし。それに、ゆづるんは愛理沙ちゃんのおっぱい、大好きでしょう？』

「そ、それは……そ、そうかも、しれませんけど……」

確かに由弦は愛理沙の胸を、目で追うことがある。

由弦は愛理沙の胸が好きなのだ。少なくとも、興味を持っている。

わざと当てる……というのは、効果的かもしれない。

「や、やってみます。……今度のお花見で」

『いいじゃん。成功したら教えてね』

それから軽い世間話をしてから、愛理沙は亜夜香との通話を終わらせた。

そして小さく拳を握りしめる。

「よし！」

小さく気合いを入れた。

※

さて始業式から直近の日曜日。

由弦は比較的、活動的な私服を着て、駅で待っていた。

忙しなく時計を確認していると……

「由弦さん」

「わぁ！」

突然、肩を摑まれた。

由弦は驚きで思わず声を上げ、それから振り向いた。

そこには「えへへ」と、そんな可愛らしい表情を浮かべている婚約者がいた。

「驚かせないでくれ。びっくりしたじゃないか」

「隙を見せる由弦さんが悪いんです」

そんな愛理沙だが、由弦と同様に少し活動的な衣服を着ていた。

下はデニムのパンツに、シャツとカーディガンを合わせている。

そしてその左手の薬指には、由弦が想いを込めたプロポーズリングが光っていた。

学校に来る時は、指輪は嵌めない。

……さすがに学校で高価な婚約指輪を嵌めて過ごすのは防犯的な心配があるし、何より「誰から貰ったのか？」という騒ぎになる。

由弦と愛理沙が恋人同士であることはもはや周知の事実であるが、婚約関係にあることとそれは全く別次元の話。

伏せておくに越したことはない。

……まあ、知っている人は知っていたりするが。

「そうか……隙を見せる方が悪いか」

ふと、少し悪戯心が湧いた由弦は愛理沙の左手をそっと手に取った。

愛理沙は普段のように由弦が手を握ってくれるだけだと思っているのか、自然な仕草で手を差し出す。

……それはとても無防備だった。

由弦は愛理沙の手を掬いあげるようにして手に取ると、ゆっくりと上げた。

え？　手を握ってこれからデートに行くんじゃないの？

と、そんな表情の愛理沙に対して軽く微笑みかけると……

「あっ……」

その手の甲へ。

そっと、唇を押し付けた。

びくり、と愛理沙の体が僅かに震えた。白磁の肌が仄かに赤く染まる。

由弦は気にせず、そっと二つ目のキスを薬指へと落とした。

「んぁ……」

愛理沙は気が抜けたような声を上げた。

そして力が抜けてしまったのか、ふらっと崩れ落ちるように由弦の方へと倒れ込んだ。

「大丈夫か？」

「こ、こんな……人目のあるところで、や、やめてください……」

由弦に抱き留められた愛理沙は潤んだ瞳で由弦への苦情を口にした。

やめてください、と言うわりには嫌がっているようには見えなかった。

むしろ由弦の目にはして欲しそうに見える。

「隙を見せた方が悪い。そうだろう？」

由弦は意地悪な笑みを浮かべた。

すると愛理沙は僅かに頬を膨らませ、由弦の胸板を叩いた。

「もうっ……馬鹿」

ホッとした表情で、しかしどこか物足りなそうな、不満そうな表情でそう言うのだった。

さて、それから二人は駅近くの公園へと向かった。

そこそこの広さの公園には美しい満開の桜。

そう、今回のデートは待ちに待ったお花見だ。

「どの辺りにする？」

「そうですね。……あの辺りが良いんじゃないでしょうか」

幸いなことに良さそうな場所が一つ、空いていた。

由弦はその場所に持ってきたレジャーシートを広げる。

由弦の担当はレジャーシートと飲み物だった。

一方、愛理沙の担当は……

「張り切って作って来ました」

にっこりと笑みを浮かべて、大きな重箱を一つ、二つ、三つ。

愛理沙は一つ一つ箱を開けていく。

箱には和洋中のおかずと、小ぶりで可愛らしいおにぎり、お洒落（しゃれ）なサンドウィッチがぎっしりと詰め込まれていた。

「お、おぉ……？」

……多いな。

思わず口から出そうになった本音を、感嘆の言葉にすることで誤魔化(ごまか)した。

「少し作り過ぎてしまいました」

えへっ、と笑う愛理沙。

言うほど少しだろうかと、由弦は若干の価値観の違いに困惑した。

「ま、まあ……余ったら持ち帰って食べればいい」

「そうしていただけると嬉(うれ)しいです。……今日のお夕飯(ゆうはん)とか、明日の朝ご飯とか。それくらいなら持つと思うので」

どうやら愛理沙の中では余った分は由弦が処理することになっているらしい。

もっとも、夕飯と朝食で愛理沙の作った料理を食べられるのはむしろ由弦としては喜ばしいことだ。

「じゃあ、いただこうかな。いただきます」

「いただきます」

由弦と愛理沙は手を合わせた。

取(と)り敢(あ)えず腐りやすそうなもの、冷凍したら確実に味が落ちそうなものからということで、サンドウィッチへと由弦は手を伸ばした。

「どうですか？」

「うん……美味しい」

シャキッとしたレタスときゅうりの食感、瑞々しいトマトの酸味、程よい塩味のハム、そして柔らかい食パン。

そしてパンに塗られたソースが、それぞれの食材を繋ぎとめている。

「……ソースの味、変えた？」

愛理沙の作ったサンドウィッチを食べることは今回が初めてというわけではない。

しかし以前と少しソースの味が変わっていることに由弦は気付いた。

「はい。少し変えてみました。どうでしょうか？」

由弦が味の変化に気付いたことが嬉しいらしい。

機嫌良さそうに、しかし少しだけ不安を含んだ声音で尋ねた。

「今回の方がどちらかと言えば好きかな。ちょっと辛いのが、良いアクセントになっていると思うよ」

「それは良かったです」

嬉しそうに愛理沙は微笑んだ。

それからおかずへと、箸を伸ばしていく。

「このエビチリ、美味しいな」

「亜夜香さんにアドバイスをいただきました」

「ん、このハンバーグ、冷めているのに硬くないな」

「千春さんにコツを教えていただいたんです」

どうやらしばらく見ない間に愛理沙は料理の腕を上げたようだ。

久しぶりだったこともあり、すいすいと箸が進む。

そして……

「意外と食べられたな……」

「そうですね。……お腹はパンパンですけれど」

おおよそ、弁当の三分の二を片付けることができた。

残りは由弦の今日の夕食だ。

「ごちそうさま、愛理沙。美味しかった。残りは家でいただくことにするよ」

「はい。……お粗末様でした」

食事を終えた二人は、改めて桜を見上げる。

二人の手は自然と、結ばれていた。

「綺麗ですね」

「そうだね」

愛理沙の呟きに同意してから、由弦は隣に座る愛理沙を見た。

するると愛理沙もまた由弦を見ていた。

自然と目と目が合う。

思わず二人は小さく笑った。

「いや……俺は幸せ者だよ。こんな綺麗で可愛らしくて、料理も上手な人と結婚できるなんて」

しみじみと由弦が言うと、愛理沙は頬を赤らめた。

そして上目遣いに由弦を見上げながら、そっと寄り添う。

「私も……幸せです」

そう言って肩と肩が触れ合う位置まで、近付いた。

そして……

「んっ……」

そっと頭を由弦の肩へ、と乗せた。

まるで体重を預けるように、由弦の体に凭(もた)れ掛(か)かる。

それから恥ずかしそうに顔を俯(うつむ)かせながら、由弦の腕に自分の腕を絡ませてきた。

「愛理沙……？」

由弦が問いかけるが、愛理沙は無言だった。

無言だが、しかし由弦の問いかけに答えるように、体をさらに密着させてきた。

由弦の腕に愛理沙の柔らかい双丘が触れる。

「……」

由弦もまた、無言で愛理沙の肩に手を回し、そっと、引き寄せるように抱いた。

そして愛理沙の顔色を窺うように、視線を下へと下ろす。

愛理沙は……耳まで顔を赤く染め上げながらも、恥ずかしそうに下を向いたままだった。

しかし顔の代わりに……別の物が見えた。

白い鎖骨、魅力的な谷間、そして……僅かに白い清楚な布地が、目に映った。

(これはもしかして……)

試しに美しい亜麻色の髪を撫でるように、触れてみる。

すると……

「んっ……」

愛理沙は小さく喘いだ。

しかし全く抵抗する様子は見せず、されるがままになっている。

(……よし)

由弦は内心で決心し……

そっと愛理沙の手を取って、その手の甲にキスをした。

するとやはり、びくりと愛理沙の体が震えた。

「好き？」

「は、はぃ……」

愛理沙は小さく身悶えた。

彼女が手の甲へ接吻されることを好んでいることは、明らかだった。

完全に力が抜けてしまったのか。

愛理沙は全身を由弦に預けた。

由弦はそんな愛理沙を優しく支えながら、その美しい髪を優しく撫でる。

肌理細やかな髪は陽光を受けて光り輝いていた。

清らかで神秘的な、神々しささえ感じる髪が、由弦の手からサラサラと零れ落ちる。

由弦はそんな愛理沙の髪を手に取り、そっと鼻先を付けた。

すんすん、と匂いを嗅ぐ。

柔らかいシャンプーとリンスの香りが、鼻を突き抜けた。

「ゆ、由弦さん……？」

「これはどう？」

そっと耳元で囁いてから。

由弦は愛理沙の清らかな髪へ、唇を押し当てた。

優しく髪を唇で挟むように、僅かに口に含む。

「あっ……あぁ……」

熱い吐息が、艶やかな唇から零れ落ちる。

由弦が手をそっと握ると、愛理沙はギュッと強く握り返した。

愛理沙は片方の手で、縋るように由弦の服を摑む。

一方由弦は愛理沙の髪に指を絡め、より自分の方へと近づけた。

気付くと愛理沙は由弦の胸に顔を埋めるように、由弦は愛理沙を正面から抱きしめるような形になっていた。

「愛してる」

「……私もです」

ゆっくりと、自然に、少しずつ、一歩一歩。

由弦は愛理沙の髪から、耳へと唇を落とした。

ギュッと、愛理沙は縋りつくように由弦を強く抱きしめる。

そして由弦は、今度は震える愛理沙の頰へと、接吻した。

「ゆ、由弦さん……」

僅かに赤らんだ瞳で、愛理沙は由弦を見上げた。

そしてそっと顔を由弦へと近づける。

艶やかでしっとりした唇を。

由弦の頰へと、軽く押し付けた。

青い瞳と翠の瞳が交差する。

由弦は愛理沙の唇へと、自分の唇を近づけ……


グイッと、愛理沙に胸板を押されて動きを止めた。

由弦が我に返ると、愛理沙は顔を真っ赤にして小さく震えていた。

「……嫌だった？」

由弦が尋ねると愛理沙は小さく首をふりふりとした。

「い、いえ……そうではないのですが」

愛理沙は由弦から顔を逸らした。

そして慎重に周囲の様子を窺う。

「その、ここ……お外ですし……」

「え？　あ、あぁ……」

そう言われて由弦は頰を搔いた。

ここが公共の場であることを、すっかり忘れていたのだ。

周囲を見回すと、一部の人から目を逸らされた。

見られていたようだ。

「すまなかった」

「い、いえ……私も、途中まで忘れていたので」

そういう愛理沙の耳は真っ赤に染まっていた。

ここが公園で、屋外で、公共の場であった。

ということを除けば、由弦のリードはそう間違ったものではなかったようだ。

少なくとも愛理沙は直前まで、その気でいてくれた。

（あ、焦ってしまったな）

また失敗だ。

……実際のところ何でもない顔をして愛理沙をリードしようと頑張っている由弦だが、彼もまた女性経験が愛理沙しかない童貞である。

これぱかりはどうしようもない。

「由弦さん。……由弦さん？」

「え？　あぁ……すまない、愛理沙。どうした？」

愛理沙に名前を呼ばれ、ようやく由弦は我に返った。

一方愛理沙は頬を赤らめたまま、くいくいと由弦の服を引っ張った。

「あの、そろそろ行きませんか？」

どうやら愛理沙は一刻も早くこの場から離れたい様子だった。

……さすがに恥ずかしいらしい。
そして由弦もそれは同感だった。
「そうだね。……うん、そうしよう」
由弦と愛理沙はそそくさと帰り支度を開始したのだった。
(結局、桜はあまり楽しめなかったな)
帰り道。
二人で並んで帰りながら由弦は内心でぼやいた。
とはいえ、美味しい料理と可愛らしい愛理沙は楽しめた。
花より団子。
団子より愛理沙だ。
一方、その愛理沙だが……
「……」
先程の行為が恥ずかしかったのか、ずっと黙ったままだった。
その頬は未だに僅かに赤い。
とはいえ怒っているわけでもなさそうだし、恥ずかしがっている愛理沙も可愛い。
時間が経てばすぐに元に戻るだろうと、由弦はあまり気にしないことにした。

さて、そんな調子で歩いていると……

「おっ」

「あら」

「おお」

由弦の友人、良善寺聖と遭遇した。

乗っている自転車のカゴには、買い物袋が入っていた。

「そう言えばこの辺だったな、お前の家」

「ああ……二人はデートか？」

「そんな感じです」

どうやら聖は買い物の帰りのようだった。

袋の中からスナック菓子やチョコレートの菓子が覗いている。

「ふむふむ……」

聖は顎に手を当てて、少し考え込んだ様子を見せた。

そして由弦と愛理沙に提案する。

「もし邪魔でなければ、寄ってくか？　茶くらいなら出せるぞ」

そう言えば聖の家には久しく行っていないなと、由弦は思い出した。

毎年、聖を含めた良善寺家の者は高瀬川家に挨拶をしに来るが……由弦の方から行くことはあまりない。

たまにはいいかもしれない。

それに……

「どうする？　愛理沙」

愛理沙は良善寺家を訪れたことがなかった。

彼女は高瀬川家に嫁入りすることになるのだから、一度良善寺家に顔を見せに行っても良いかもしれない。

……勿論、由弦とのデートに専念したいというのであれば由弦としても無理強いはしない。

今後、訪れる機会はいくらでもあるからだ。

さて、由弦に聞かれた愛理沙は小さく頷いた。

「そうですね。では、お言葉に甘えて」

こうして急遽、良善寺家に寄ることになった。

※

良善寺聖の自宅である良善寺邸は、ちょっとした山の上に立っていた。

山そのものが彼の家の私有地である。

山の周囲には有刺鉄線が張り巡らされているため、唯一の出入り口は正面入り口に続く長い石畳の階段だけだ。

その階段を上ると、まるで山門のような大きな門が待ち受けている。

「わぁ……何と言うか、由弦さんのお家に少し似ていますね」

「あなたの婚約者の家ほどは広くないし、大勢住んでいるからな。あまり期待しないでくれ」

愛理沙の感想に対し、聖は苦笑して答えた。

なお、良善寺邸と高瀬川邸が似ていることは決して偶然ではない。

というのも良善寺邸を建てた聖の曽祖父が、高瀬川邸に似せて作ったからである。

それから聖を先頭に、由弦たちは外門……のすぐ横の小さな出入り口を通り中に入った。

すると黒服にスキンヘッド、サングラスのいかにもという姿の男が待ち構えていた。

男は聖に対し、軽く頭を下げる。

「お帰りなさいませ。後ろの方は高瀬川さんと……」

サングラス越しに男の視線は由弦と愛理沙を捉えた。

愛理沙は少し怯(おび)えた様子で由弦の服の袖を摑んだ。

「高瀬川由弦さんと、その婚約者である雪城愛理沙さんだ」

「なるほど。……これは失礼しました」

深々と男は頭を下げた。

一方聖は小さく頷くと、由弦と愛理沙へと振り返った。

「じゃあ、来てくれ」

「ああ」

「は、はい」

聖の先導に従い、由弦と愛理沙も屋敷の中へと入る。

中に入ると高瀬川邸と良善寺邸の大きな違いがはっきりと分かる。

中にいる人間の数が違うのだ。

高瀬川邸は高瀬川家の人間と、最低限の使用人しかいない。

一方で良善寺邸には数多くの人――それも人相が悪い――が勤務していた。

「……結構、本格的なんですね」

何とも言えない感想を愛理沙が漏らした。

一方由弦はそんな愛理沙の手をしっかりと、握ってあげた。

さて、聖はしばらく屋敷の中を歩くと、そのうちの一つの部屋の障子を開けた。

そこは格式の高そうな和室だった。

「ここが客間だ。まあ、寛（くつろ）いでくれ」

言われるままに由弦と愛理沙は和室に入り、座布団に座った。

聖はそんな二人に向かい合うように座った。

しばらくするとやはり黒服の男がお茶と和菓子を持ってきた。

由弦が湯呑みを手に取ってお茶を飲むと、愛理沙もおずおずとお茶を口にした。

「由弦がこうして来るのは何年ぶりだったっけ？」

「うーん、小学生の時以来じゃないか？」

中学生になってからは友人の家に行って遊ぶということはなくなった。

段々と喫茶店やファミレスなどで、ゲームや勉強をすることが増えていったからだ。

「久しぶりに来てどうだ？」

「相変わらずだなと……いや、変わったところもあるが」

「へぇ、どの辺りだ？」

「……外国人、増えたか？」

「鋭いな」

どうやら良善寺邸にはグローバル化の波が押し寄せているようだった。

さて、場が少し温まった（？）ところで愛理沙が口を開いた。

「高瀬川さんと良善寺さんは……確か、昔からお付き合いがあるんですよね？」

勿論、ここで言う「高瀬川さん」と「良善寺さん」は由弦と聖ではなく、家同士の話だ。

愛理沙の問いに対し、聖が答える。

「うちと高瀬川家との関係は、ひい爺さんの時からだ。……昔は、まあ、用心棒みたいなことをしていた。今はまあ……いろいろと手広くって感じだな」

例えば、以前に由弦と愛理沙がデートをした総合娯楽施設。

あそこは良善寺が一部出資しており、経営にも多少なりとも携わっていたりする。

どちらかと言えば、地域密着型の商売をしているという感じだろう。

「……意外に真っ当な商売をしているんですね」

ぽつりと愛理沙が呟くと、聖は苦笑した。

「……真っ当じゃなかったら、捕まるだろ」

「それもそうですね」

さて、少し世間話をしながらお茶を飲んでいると……

別の訪問者が障子を開けて現れた。

「お久しぶりですな。由弦殿」

顎に白い髭を蓄えた、小柄な老人だった。

着物を着ており、足が悪いのか杖を突いている。

眼光だけが非常に鋭い。

良善寺清。

〝良善寺〟という組織の現在の会長である。

「これは良善寺さん。お久しぶりです」

足が悪い老人に足を運ばせたことを悪いなと思いつつ、由弦が立ち上がろうとすると彼は首を横に振った。

「いいや、結構。そのまま座ったままでいてくだされ」

と、気付くと清の側に駆け寄った聖の手を借りて、彼は座布団にドスンと腰を下ろした。

そしてギロッとした視線を愛理沙に向ける。

愛理沙は背筋を伸ばした。

「初めまして。聖君のクラスメイトの雪城愛理沙と申します。本日はお招きくださり、ありがとうございます」

「ふむふむ……雪城愛理沙。そうか、あなたが由弦殿の婚約者の」

「あ、はい。そうです。……由弦さんの、婚約者です」

そう言って気恥ずかしそうに愛理沙は頬を僅かに赤らめた。

そんな愛理沙の仕草を見て、清は僅かに笑みを浮かべた。

「フハハハハ、随分と可愛らしいお嬢さんですな、由弦殿」

「はい。僕には勿体ないほどの女性です」

そう言って由弦は愛理沙の手をギュッと握ってみせた。

一方の愛理沙は「ちょ、ちょっと……」と戸惑いの声を上げる。

そんな仲睦(なかむつ)まじい様子に、清は目を細めた。

「結構、結構。……いや、しかし高瀬川のご老公が羨ましい。うちの孫も、早く恋人の一人二人くらい作って安心させて欲しいものですな」

「二人も作ったらダメでしょう……」

清の言葉に、聖は冷静に突っ込みを入れた。

清はそんな孫を無視し、改めて愛理沙に視線を移した。

「将来の高瀬川夫人に対しては、本来ならば儂(わし)の方からご挨拶に出向くのが筋というもの。……新年には改めてご挨拶に行かせていただく」

「え、いや、そんな……」

一方で愛理沙は少し困惑の表情を浮かべた。

自分よりも遙(はる)かに年配。

それも良善寺という一族、組織のトップが自分に対して遜(へりくだ)った態度を示しているのだから当然だろう。

年功序列的に考えて、愛理沙が遜ることはあっても、目の前の老人が遜ることはあり得ない。

（……これはどう答えるのが正解なのかしら？）

一般的な価値観で言えば愛理沙の方が〝下座〟なのだから、愛理沙は遜るべきだ。

しかし……ここでそのような一般的な価値観は通用するのだろうか？

(私は……由弦さんの婚約者で、えっと……高瀬川の方が良善寺より上、らしいし……私が下手に遜ると、もしかして由弦さんの立場が……)

一瞬のうちにそんな懸念、不安が脳裏を過る。

しかしいつまでも何も答えないというわけにはいかない。

「はい。新年には……私も父と共に高瀬川さんの下に、ご挨拶に伺う所存です。その時に改めてお会いできれば幸いです」

愛理沙がはっきりとした声でそう答えると、清は小さく「ふむ」と頷いた。

「……結構。その時を楽しみにしていましょう」

その言葉にはどこか愉快そうな感情が込められていた。

一方で由弦は眉を顰めた。

「良善寺さん。……あまり人の婚約者を困らせるような真似は止していただきたい」

「会長。……年配者が若い女の子にそのような悪戯をするのは、少々大人げないと思いますよ」

聖もまた強い口調で清を責めた。

すると清はわざとらしく、髭に触れた。

「はてさて、何のことやら……」

そういって恍けた調子で首を傾げた。

さすがにここまでされれば愛理沙も気付く。

試されたのだ。

今更ながら、緊張で愛理沙の心臓が激しく鳴った。

「いや、しかし申し訳ない。生憎、倅ともう一人の孫は出払っておりましてな。まあ……しかし新年、お会いできるのであれば問題はありますまい」

誤魔化すようにそう言うと、清は真っ直ぐ由弦を見つめる。

「いや、しかし……時の流れは早いものだ。和弥殿と彩由さんのご成婚をお祝いしたのが、つい昨日のように思える。その二人の子が、もう婚約者を持ち……数年後には家庭を持つことになるとは。道理で儂も老いるわけですな」

どこか懐かしむような口調でそう言った。

しかしその眼光はギラギラと、光り続けている。

「ここ数十年の変化は本当に早い。様々なことが目まぐるしく変わる。良善寺も、高瀬川も。例えば、そう、高瀬川と上西の後継者が同じ学び舎で学ぶなど、かつては考えられぬことであった」

しみじみと、昔を懐かしむように。

そして時の変化に驚嘆と寂しさを感じているかのように。

「しかし変わらぬ物もある。……そう、例えば友情だ。金の切れ目は縁の切れ目。だからこそ、金では変わらぬ強固な友情には価値がある。そうは思いませんかな？」

それは奇しくも、和弥が由弦に言った言葉と同じだった。

しかしこれは驚くべきことではないだろう。

おそらくそれは由弦の曽祖父が口にしていた言葉で、それが高瀬川と良善寺の双方に受け継がれているというだけの話なのだから。

「はい。……父もそう申していました。そして僕も同様に、そう思います。聖とは、聖君とは、今後も個人的に友人として仲良くしていきたいと思っています」

由弦の返答に、清は満足そうに頷いた。

「ほう、和弥殿も同じことを。それは素晴らしい。今後、高瀬川と良善寺の関係がどのように変わったとしても、孫たちと末永く友人でいていただけると、この老い耄れとしては安心です」

今まで通り、聖たちとは対等で仲の良い友人同士でいて欲しい。

そんなことを頼む清に対して、由弦は大きく頷いた。

そして僅かな思案の後、落ち着いた声で、柔らかい笑みを浮かべて言った。

「勿論。良善寺は高瀬川の盟友。それは僕の代になっても変わりません。我が曽祖父の意志はしっかりと、変わらず引き継いで行こうと思います」

〝高瀬川〟と〝良善寺〟の上下関係は今後も変わらない。

はっきりとそう返したのだった。

さて、あまり長居するのは良善寺家も迷惑だろうということで、由弦と愛理沙はそろそろ辞去することにした。

聖は石畳の階段を下りながら、頭を掻(か)いた。

「いや、なんか、悪いな。……てっきり、爺さんは留守にしていると思っていたんだが」

聖としては本当に由弦と愛理沙に家を案内し、お茶をご馳走(ちそう)して帰ってもらうつもりだったのだ。

良善寺清の出現は想定外だった。

「若い女の子が来たってことで、興奮しちまったみたいで……すまんな、愛理沙さん」

聖はそう言って愛理沙に謝った。

一方で愛理沙は苦笑する。

「いえ、大丈夫です。……何というか。いろいろと大変なんですね」

最後の由弦と清のやり取りが意味することは、愛理沙には分からなかった。

だが何らかの、言外の意図が込められていることははっきりとしていた。

「まあ、何だ。そう難しく構える必要はない。……別に記録しているわけでも、何でもないし」

由弦はそう言って肩を竦めた。

「はぁ……俺はああいう、くだらない頓智バトルみたいなことはしたくねぇけどな。……特に友人とは」

聖はそう言って首を傾げた。

それに対して由弦は小さく笑みを浮かべた。

「同感だな。お前とは普通に仲良くしたいものだ」

もっとも現時点では聖が後継者になるかどうかは定かではない。

清が敢えて孫たち、という表現をしたのはそういうことである。

由弦としては聖の叔父や従兄が相手の方がやりやすい。……余計な私情を入れずに済む。

と、そうこうしているうちに山を下った。

「ここまででいいよ」

「今日はありがとうございました」

「おう、じゃあな」

聖と別れる二人。

すでに日は落ちかけており、空は夕焼け色に染まっていた。

「……あの、由弦さん」

「どうした？」

「私の受け答えは……あれで大丈夫でしたか？」

愛理沙の問いに由弦は少し考えてから答える。

「うーん、まあ、そうだな。……実際のところ、あれは愛理沙がどういう性格をしているのか、高瀬川と良善寺の関係をどれくらい知っているか、どういう認識でいるのかというのを探りたかっただけだろうからな」

清の方は愛理沙を困らせるために質問したのだ。

なので、清が愛理沙の返答に対して気を悪くするということはないし、そもそも気を悪くしたとしても、それを高瀬川と良善寺、もしくは天城という家同士の関係に持ち込んでくるかというと、そんなことはない。

ただ……

「君が自分の方が挨拶に行くべきだと、まあそういう趣旨のことを言わなかったのは、高瀬川の立場としては悪くないかな。君が高瀬川の方が良善寺よりも上と認識していることが相手に伝わった。それで十分だ」

どちらが上か下か、そういうことははっきりさせないといけない。

例えば、そう……いつだかの地方議員の子息に侮られるようなことがあっては、絶対にならないのだ。

「……実はもっと偉そうにした方が良かったり？」

「いや……それはそれで、ちょっとな」

挨拶に赴きますはあまり良くない。

しかし挨拶に来るのを待ってます、というのは上から目線過ぎる。

だから「私も高瀬川さんのところに挨拶に行くので、ついでにお会いできたら嬉しいですねぇ—」という回答は丁度良いだろう。

愛理沙が高瀬川に挨拶に行くのは特におかしなことではない。

「う、ううん……難しいですね」

不安そうに、自信なさそうに愛理沙は呟いた。

今後も偉い人に会うたびにそんなやり取りが求められるとするならば、自信がなくなってしまう。

学校のテストとは異なり正解がなく、しかも抜き打ちなのだから。

「言っておくが、愛理沙。……あんな面倒なことを言ってくるやつは、そう多くない」

「……そうですか？」

「そりゃあ、人によってはああいう面倒でまどろっこしいのを嫌うからな」

結局のところ、人によって変わるというのが実情である。

地域性や家風による違いがあったりする。

「そもそもあの爺さんは、一番面倒臭いタイプだ」

あんな爺が何人もいたら、気が滅入ってしまう。

そもそもああいうやり取りは、相手がしっかりと意図を読み取ってくれることを前提にするものだ。

ぽかーん、とされてしまったら本末転倒である。

「では……あまり気にしない方が良いですか？　いや、でも……」

「俺が側にいる。君は堂々としてくれれば、それで大丈夫だ」

不安そうにしている愛理沙の手を、由弦はギュッと握った。

愛理沙は僅かに頬を赤らめ、小さく頷く。

「由弦さん……」

愛理沙もギュッと、手を握りしめた。

そしてそっと距離を縮め、由弦の腕を抱くようにして体を密着させた。

意図してか、それとも意図せずか……

愛理沙の柔らかい胸が、由弦の腕に押し付けられる。

僅かに由弦の血流が速くなった。

「……好きです」

愛理沙は小さく呟いた。

そして由弦を見上げ、ふっと小さく笑った。

「俺も……うん、好きだよ」

由弦が呟くように答えると、愛理沙は少し不満そうに唇を尖(とが)らせた。

「もう少し、大きな声で言えませんか？」

「い、いや……愛は声量じゃないだろ？」

恥ずかしそうに由弦はそう返した。

※

由弦と愛理沙がお花見デートをしてからしばらく後のこと。

「あはははは!!!」

黒髪に琥珀色(こはくいろ)の瞳の少女が、お腹(なか)を抱えて笑っていた。

「相変わらず、高瀬川は面倒くさいことをしてるね」

少女——橘(たちばな)亜夜香はひとしきり笑うと、楽しそうに言った。

それに対し、亜夜香の正面に座っていた亜麻色の髪の少女——雪城愛理沙は苦笑いを浮かべる。

「やっぱり、変なんですか？　高瀬川と良善寺の特殊事情ですか？」

　すると、亜夜香の隣に座っていた茶髪の少女――上西千春が答える。

「我が家はやりますよ？」

「私の家はやらないわね」

　愛理沙の隣に座っていた黒髪の少女――凪梨天香も答えた。

　四人は高校の近くのカフェにいた。

　いわゆる女子会の最中だ。

　そこで愛理沙が由弦と花見をした時、良善寺家を訪れたエピソードを語ったのだ。

「私も面倒くさいと思うことはありますけど……やっぱり、便利なんですよ。だって、ほら……『私のことどう思ってます？』なんて直接、聞けないじゃないですか」

　この場に於いては少数派になった千春は、その手のやり取り――迂遠に相手の本音を聞く――理由を語った。

　良善寺でのやり取りを例にすると……良善寺清が愛理沙に対し、「お前、高瀬川との上下関係をどう思ってる？」などと直接聞くわけにはいかない。

　それはあまりにも直接的で、礼を失するし……何より、〝優雅〟ではない。

　だからこそ、一見すると質問には聞こえないようなやり方で問いかけ、愛理沙の反応によってそれを判断するという手法を取る。

「いくら迂遠に言ったところで、相手に真意が伝わってる時点で同じだと思うけどね。聞きづらいなら聞くべきじゃないし、それを押してても聞きたいなら、直接尋ねるべきだね」

亜夜香はそう言って小さく笑った。

すると千春は苦笑いを浮かべ、肩を竦めた。

「いやぁ……耳が痛いですねぇ。さすが……橘さんは心にも余裕があるんですね」

懐に余裕がある（財力がある）から、心にも余裕があるんですね（意訳：上西より金持ってるからって調子に乗るなよ）。

そんな皮肉だ。

「そんなに褒められると照れるね」

意味を分かった上で、亜夜香は涼し気にそう答えた。

一方の千春もニコニコと笑みを崩さない。

「蜜柑の皮は他の果物と比べると、分厚いらしいですね」

オレンジが使われたケーキを食べながら、千春はそう言った。

橘――橘は蜜柑の一種だ――は面の皮が分厚いと、そういう意味だ。

「害虫から身を守るためらしいね。……西瓜には負けるけれど」

上西――同じ〝西〟という漢字を使う――ほどではないと、亜夜香は返す。

「蜜柑の臭いも、害虫を追い払うためらしいですね。人によっても、不快に感じる人がいるとか」

　橘家のように本意を包み隠さないような話し方は、時に人を不快にさせる。

　千春はそう言って小さく鼻で笑った。

「ふーん……ところで千春ちゃんは、蜜柑は好き？」

　亜夜香はそう尋ねた。

　すると千春はケーキの上に乗っていたオレンジをフォークで刺し、口に運びながら答えた。

「食べちゃいたいくらい好きです」

「私も……西瓜、大好き」

「亜夜香さん……」

「千春ちゃん……」

　見つめ合う二人。

　と、そこでパンパンと乾いた音が響く。

「はいはい、そこまでにしてね」

　天香が手を叩いたのだ。

　亜夜香と千春は小さく肩を竦めた。

「……亜夜香さんもやるじゃないですか」

言ってることと、やってることが違うじゃないですか。

と言いたげな愛理沙。

「普段やらないのと、やろうと思ってできないのは違うのだよ」

チッチッチ、と亜夜香は指を振る。

要するに積極的にはやらないが、やられたらやり返すくらいはするということだ。

「まあ……日本語って、時と場合で敬語や敬称、一人称を変えるし……その延長よね」

親や友人と話す時と、先輩や教師と話す時では言葉遣いを変えたりする。

基本的にはそれと同じだ。

「一人称と言えば……男の子って大変だよね。私たちは……基本的に〝わたし〟って言ってれば良いけど、男の子はいろいろと種類あるし」

男性は〝俺〟という一人称を使うことが多いが……

公的な場では〝わたし〟、もしくは〝わたくし〟という一人称を使うのが普通だ。

「由弦さんはたまに〝僕〟って言いますね」

愛理沙は由弦のことを思い出しながら言った。

愛理沙の養父や、義兄、または良善寺のご老公に対して、由弦は〝僕〟を使う。

形式上、自分よりも目上の相手に対しては〝僕〟を使うというようなルールが由弦の中にはあるようだった。

「高瀬川君が僕って言うのは……うん、まあ、そこそこ、想像できるわね」

天香はうんうんと頷いた。

外見は育ちが良さそうに見えるので、〝僕〟を使ってもあまり違和感がないのだ。

「ゆづるんはその辺りを使い分ける人の典型的な例というか……俺、僕、私と細かく変えるからねぇ」

「まあ、それについては私たちも同じではありますが。でも……あの家は一際うるさそうですよね、その辺りの上下関係」

はて、そうだろうか？　と愛理沙は首を傾げる。

以前、愛理沙が滞在した時はそんな雰囲気は感じなかった。

とはいえ、あの時は由弦の祖父母は不在だったし、何より滞在期間も短かった。

亜夜香や千春は由弦の幼馴染みなので、愛理沙が知らないことを知っていてもおかしくはない。

「ところで……愛理沙ちゃん。……ゆづるんとのキスはできたの？」

「ふぇぇ！」

唐突に亜夜香に尋ねられ、愛理沙は赤面した。

思わず、珈琲を噴き出しそうになってしまう。

「キス？　何の話ですか？」

「詳しく教えて」

興味津々という様子で千春と天香が身を乗り出す。

すると亜夜香は何故か得意気に愛理沙から恋愛相談を受けたこと――話を盛りながら
――を話した。

「というわけで……できたの？」

「できたんですか？」

「どうだったの？」

三人に詰め寄られた愛理沙は、体を小さくし、顔を赤くしたまま、か細い声で答える。

「え、えっと……ほ、ほっぺまで……」

そう言いながら愛理沙は自分の頬に触れる。

不思議と思い出すだけで、あの時の感触と恍惚とした気分が蘇ってくるようだった。

「……唇は？」

「い、いや……だ、だって、お外ですよ!?」

「ヘタレね」

「ヘタレですね」

外で頬に接吻をするカップルなど、どちらにせよ傍から見ればバカップルであることには変わりないのだ。

だったら唇まで済ませてしまえば良かったじゃないか……

と、亜夜香、千春、天香は呆れ顔で言った。

「つ、次の機会で成功させますよ！　……いつまでもこんな調子なのは良くないと、私も分かってます」

愛理沙とて、いつまでもグダグダとしているつもりはない。

今はともかくとして、こんな調子で続けていればいつかは由弦に〝面倒くさい女〟と思われてしまう……と、そう思っているからだ。

「……別に焦らなくても良いと思うんだけどなぁ」

しかしそう思っているのは愛理沙だけだ。

亜夜香はもちろん、千春も天香も……愛理沙の思い込み過ぎだと感じていた。

たかだか接吻が恥ずかしい程度で〝面倒くさい女〟と思われると思い込んでいることの方が〝面倒くさい女〟ではないかと……さすがに口には出さないが。

「別に焦っているつもりはないです。由弦さんが私のことが好きで好きで仕方がないのは分かってますし、私よりも美人な子はそうそういないと思いますけど……」

自分で言うのか……

と、亜夜香たちは内心で呆れる。

「でも、だからこそ……由弦さんにはずっと好きで、今以上に好きでいて欲しいというか

「……」

「愛理沙さん。釣った魚に餌をやらないというのも、時には大事だと思います」

愛理沙の言葉を打ち切るように、千春はそんなことを言い出した。

愛理沙は首を傾げる。

「それは……どういう意味でしょうか？」

「いいですか？　雄というのはいろんな雌と子孫を残したいという本能があるんです」

千春は自信ありげにそう言った。

もっとも、内心では「知らんけど」と最後に付け足しているが、心の声なので愛理沙には聞こえない。

「ですから、基本的には一人の雌と事を終えたら、次の雌へと目移りするものなんです」

「動物によっても、個人によっても異なると思うのですが……人間の男性全体に当(あ)て嵌(は)まるかのように一般論化するのは危険なような……」

「するものなんです！」

「は、はい」

千春の勢いに飲まれ、愛理沙は思わず頷く。

「ですから、愛理沙さんがずっと由弦さんに好きでいて欲しいと思うなら……まだ完全に体を許したわけではないみたいな感じの方がいいです。その方がきっと、この女の身も心も俺の色に染め上げてやるぜみたいな意欲が湧くはずです」

　知らんけど。

　と、千春は内心で付け足しながら、胸を張って言った。

「確かに。満足させないというのも大事だね」

「馬を走らせ続けたかったら、簡単に人参(にんじん)は上げちゃダメよね」

　亜夜香も天香も、千春を援護するようにそう言った。

　もちろん、亜夜香も千春も天香も本気で〝千春理論〟を信じているわけではない。

　ただ愛理沙の精神衛生上、「簡単にキスしないのも戦略のうちの一つ」と思わせた方が良いだろうと判断したのだ。

「そ、そうですか？　……な、なるほど。そう言われると……確かに」

　恋愛は駆け引きである。

　と、どこかで聞き齧(かじ)った言葉を愛理沙は思い出す。

「では……これから私はどのように振る舞えばいいでしょうか？」

「それはこれからのデート予定にも依(よ)ると思うけど……何か予定あるの？」

「今のところは特に……あー、でも、泳ぎ方を教えてもらう約束はしました」

　具体的にいつという約束はしていないが、さすがに高校で水泳の授業が始まるより前には基礎を習いたいと考えていた。

「ということは水着ですか……いいんじゃないですか？　焦らしを目的と考えれば」

「そ、そうですか？」

「ぶら下げる人参としては最適じゃない」

「に、人参って……」

千春と天香の言葉に愛理沙は苦笑する。

確かに愛理沙自身の魅力をあらためて由弦に再確認させるという意味では悪くはないかもしれないが……

「一応、目的は泳ぎ方を習うことですよ？　ビキニのような可愛い水着を着るわけにはいきませんし……着るとしたら、競泳水着とか、スクール水着とか、地味なやつですよ？」

泳ぎ方を教えてくださいという目的なのに、全く泳ぐ気のなさそうな水着を着ていくわけにはいかない。

そんなものを着ていけば、さすがに由弦に呆れられてしまうだろう。

「いやぁー、分かってないなぁ、愛理沙ちゃんは。……競泳水着の方が、むしろいいでしょう」

「全然、誘ってるつもりはないですよ？感から滲み出る魅力の方が、焦れ焦れ度は高いものです」

「へ、へぇ……そうなん……ですか？」

亜夜香と千春の言葉に対して、愛理沙は天香の方を向きながらそう尋ねた。

一方の天香は頰を掻きながら答える。

「ま、まあ……男の子の中には、可愛い服や水着よりも、体操服やスクール水着みたいなものの方が好きという人がいるとは、聞くわね」

「な、なるほど……」

そう言えば愛理沙の婚約者も、私服の時より、体操服を着ている時の方が、愛理沙の方にそういう視線を向けてくる頻度が高い……

ような気がしないでもない。

「決まりだね。ゆづるんを誘惑しよう」

「いやぁ、羨ましいですね、由弦さん」

「ま、待ってください！」

愛理沙は慌てた様子で亜夜香と千春を制した。

「ゆ、誘惑って……泳ぎ方を習ってる最中にそんなことをしたら、へ、変ですよ」

何だ、こいつ？　真面目にやる気あるのか？

と、思われてしまいそうだ。

「別に愛理沙ちゃんが何かしなくても……泳ぎ方を手取り足取り教えてもらうんでしょう？」

「その過程で、故意にしても偶然にしても、いろいろ触られるものじゃないですか」

「な、なっ……！」

そんなことは考えていなかった愛理沙は顔を赤くする。

そんな愛理沙が面白いのか、亜夜香と千春はニヤニヤした顔で言った。

「あー、もしかしたら、わざと触ってくるかもねぇー」

「これはシミュレーションしておかないといけないんじゃないですか？」

「そ、そんなこと！　ゆ、由弦さんがするはず……」

情景を想像してしまったらしい愛理沙は、もじもじとし始めた。

そんな愛理沙を面白がってか、亜夜香と千春は増々愛理沙を揶揄う。

一方で天香は呆れた表情で言った。

「あまり揶揄うのはやめなさいよ。……大丈夫、高瀬川君はわざとそんなことをする人じゃないわ」

「そ、そう……ですよね？」

「触りたかったら触りたいと紳士的に頼む人よ」

「た、頼まれるのはそれはそれで困るのですが……」

愛理沙は増々小さく縮こまりながら、そう言った。

第二章　婚約者とプールデート

ある日の日曜日。

「少し遅れたな……」

由弦は早足で愛理沙との待ち合わせ場所の駅へと向かっていた。

今日は愛理沙とのデートだ。

もっとも、水泳の授業に備えて泳ぎ方を教えるという大事な目的があるので、決して遊びではない。

(愛理沙の方から提案してくるのは珍しいからなぁ)

元々約束をしていたとはいえ、次の日曜日に行こうと提案してきたのは愛理沙の方からだ。

普段は自己主張が薄い愛理沙にしては珍しい。

つまりそれくらい本気……泳げるようになりたいという意思が強いのだろう。

(俺も真面目にやらないとな)

もっとも、早速遅刻してしまったのだが……

さて、そんなことを考えているうちにようやく駅に到着した。

待ち合わせの場所へと視線を向けると、そこには亜麻色の髪の少女がいた。

彼女の色素の薄い茶髪は染色では出せない色で、なおかつ日本には滅多にない髪色なので、一目で分かる。

彼女は頻りに携帯を見て――おそらく時間を確認しているのだろう――そわそわしている様子だ。

(……もしかして怒ってる?)

由弦はゆっくりと近づき、恐る恐る声を掛けた。

「……愛理沙」

「あ、はい。由弦さん!」

愛理沙はこちらを振り向いた。

いつも通り、可愛らしい容姿の婚約者だが……普段と様子が少し違う。

視線を泳がせ、どこか緊張したような面持ちだ。

「すまない、少し遅れた」

「い、いえ……大丈夫です。……五分程度、遅れたうちには入りませんよ」

「そう言ってもらえると嬉しい」

どうやら、怒っているわけではないらしい。

だが、それはそれとして普段と様子が違うのも事実だ。

「愛理沙……どうかしたか？」

「え？　えっと……私、何か変ですか？」

「いや、いつもよりそわそわしているように感じたから」

「そ、そうでしょうか……？」

「もしかして、水着を忘れたとか？」

水着を忘れたことについ先ほど気が付いた。

今回のデートは自分から提案した以上、今更「水着を取りに家に戻らせてください」とは少し言い辛い……

と、そんな感じだろうかと、由弦は適当な予想をしてみる。

愛理沙は少し抜けているところがあるので、あり得なくもない。

「み、水着……!?」

「もしかして、本当に……？」

「い、いえ、まさか。水着は……ちゃんと持ってきています。当たり前じゃないですか……」

そう言いながら愛理沙は持っている鞄(かばん)へと視線を移した。

ちゃんと持ってきているらしい。

「体調でも悪いのか？」

「い、いえ……す、少し緊張しているだけです」

「なるほど」

水泳の練習前で緊張しているだけのようだ。少し張り切りすぎ、気合いを入れすぎてしまっているのだろう。

愛理沙らしい。

「水に入ればすぐに解けると思うので……大丈夫です」

「そうか。でもまあ……どんな些細な事でも、何かあったら言ってくれ」

精神や肉体の状態は軽視できない。

些細な不調から、溺れてしまう可能性もあるのだから。

「じゃあ、行こう」

「は、はい！」

由弦は愛理沙の手を引いて歩き始めた。

……婚約者の頰が少し赤く色づいていることに、由弦は気付いていなかった。

さて、由弦と愛理沙が赴いたのは公営の温水プールだ。

普段は冬場に水泳部などが使用したり、スイミングスクールなどが開かれたりしている。

そして休日は一般市民にも公開されているため……由弦と愛理沙も泳ぐことができる。

「へぇ……意外と広いな」

一足早く水着に着替えを終えた由弦は、屋内プールを見回しながら呟いた。

子供向けの浅いプールと、五十メートルの水深が深い大人向けのプールがある。

人の数は少なく、水中ウォーキングをしているご老人がいる程度だ。

特に問題なく練習ができそうだ。

(……水着はこれで良いよな?)

由弦が持ってきた水着は、水泳の授業用に購入したもの……つまり男性用のスクール水着、スポーツ用水着だ。

最初はレジャー用にしようかと考えていたが、愛理沙が張り切っている感じだったので、ちゃんとしたスポーツ用にした。

(愛理沙の水着か……)

約一年前の夏に目撃した、愛理沙の魅力的な肢体が脳裏を過る。

あの時は黒い生地のビキニで、愛理沙の白い肌がとても際立っていたことを覚えている。

あんな物を着て来られたら、由弦は自分の男としての部位を抑えられるかどうか分からない。

今回はスポーツ用水着なこともあり、隠しきれないだろう。……絶対に目立つ。

もっとも、愛理沙は由弦以上にTPOを弁えているので、さすがにビキニということはないだろうが。

（平常心……平常心だ。今日は遊びじゃないからな。真面目にやらないと、愛理沙に怒られ……）

「お待たせしました……由弦さん」

背後から声を掛けられた。

ドキッと、由弦の心臓が大きく跳ねる。

振り向くと着替えを終えた愛理沙が立っていた。

「……いや、さっき着替えたばかりだから」

そんな言葉を返しながら、由弦はまじまじと愛理沙の水着姿を観察する。

今回、愛理沙はビキニではなく、競泳水着に身を包んでいた。

黒い生地に赤いラインが入った、非常にシンプルな、よくある競泳水着だ。

学校の授業で使っても何の違和感もない、いや、もしかしたら学校で使用する予定の水着なのかもしれない。

（一先ず、ビキニじゃなくて良かったな）

由弦は少しだけ安心する。

競泳水着はピッタリと愛理沙の肌に張り付き、彼女の素晴らしいプロポーションを浮かび上がらせていた。

胸部は生地に押さえ込まれているため少し控えめに見えなくもないが、代わりにウエストの細さが際立っている。

下腹部はハイカットタイプになっていて、美しく長い足が大胆に露出していた。

（……あれ？　もしかして、ビキニよりも際どいのでは？）

もちろん、肌の露出はビキニよりも少ない。

しかしビキニと比較して、煩悩を刺激しないかと言われると必ずしもそういうわけではない。

（ま、まあ、美人は何を着ても似合うということか……）

由弦は内心で冷や汗を掻いた。

「そんなに見られると……困るのですが」

愛理沙は困惑した様子でそう言った。

恥ずかしそうに片手で自分の体を抱き、居心地が悪そうに足を閉じ、腿と腿を擦り合わせる。

……しかし体を隠すことはしない。

「い、いや、悪い」

由弦は謝ってから、慌てて目を逸らした。

競泳水着はビキニとは異なり、あくまで実用性重視で、ファッション性はない。

愛理沙も真剣に泳ぎ方を教わるために着てきたわけで、由弦に見せることを想定していたわけではないだろう。

だからこそ、僅かとは言え官能的な物を感じてしまったのは……とても気まずい。

「い、行こうか」

由弦はそう言ってプールへと向かおうとするが……

「そ、その前に……することがあるんじゃないですか？」

「そ、そうだね。準備体操を……」

「そ、その前に、です」

愛理沙はそう言いながら、ゆっくりと由弦に近づいた。

自然と胸部の膨らみに視線が行き、慌てて下を向くとやや際どい部分が視界に入ってしまう。

観念した由弦は愛理沙の顔を真正面から見る。

愛理沙は……少し怒ったような、拗ねたような表情をしていた。

「な、何でしょうか……愛理沙さん」

「言うことが……あるんじゃないですか？」

「……言うこと？」

「昔の由弦さんは……言ってくれました」

昔の自分？

由弦は内心で首を傾げる。何のことか由弦には見当が付かなかった。

「えっと……」

「お、女の子が……由弦さんが好きな、由弦さんのことが好きな、女の子が、婚約者が、水着になっているんですよ？　……何か、言わなければいけないことが、ありますよね？」

そこまで言われればさすがの由弦も気が付く。

小さく頷いてから答えた。

「似合ってる」

「それだけ……ですか？」

しかし由弦の返答は、婚約者様にとっては不十分な物だったらしい。

「み、魅力的だと……」

「ぐ、具体的に……どこが、どんな風に似合ってますか？」

具体的に。

と言われて、由弦は言葉に詰まった。

もちろん、具体的に答えることはできる。

しかし以前のビキニとは異なり、競泳水着である以上、水着そのもののファッション性を褒めることは少し難しく……

必然的に水着によって愛理沙の肢体がどう魅力的に映るかというような内容になってしまうので、少し答え辛いところがある。

「もしかして……変、ですか？」

「そんなことはない！」

由弦は強い口調でそう否定し、腹を括った。

「君の体の……その、線というか、凹凸が、強調されて……とても魅力的に見える」

「……他には？」

赤く染まった顔で愛理沙は由弦に、続きを促した。

「足が綺麗に見える。もちろん、君の足は元々綺麗だが……普段よりもずっと、長くて、すらっとしているように感じる」

「そ、そう、ですか」

「……他にも言うか？」

「い、いえ、結構です。十分伝わりました」

愛理沙は目を逸らし、何でもないという調子で言葉を返した。

しかしその顔は少し赤らんでいるように見える。

「……行きましょう」

　愛理沙はそう言うと、スタスタと歩き始めた。

　由弦は慌てて愛理沙の後を追おうとして……ギョッとした。

（……後ろの方が目の毒だな）

　正面からは気が付かなかったが、背中は大胆に露出していた。

　真っ白く、美しい背中が由弦の目に飛び込んできた。

　少し視線を下に向けると、臀部(でんぶ)の形がくっきりと浮き出ている。

「由弦さん」

　と、そこで愛理沙が急に振り返った。

　目と目が合う。

「な、何だ!?」

「今回は……遊びではありませんから。真面目にやってくださいね？」

　釘(くぎ)を刺されてしまった。

　由弦は大きく頷いた。

　さて、由弦と愛理沙は軽く準備運動をしてからプールに入った。

「溺れたら……助けてくださいね」

「もちろん。……さて、とりあえずどれくらいできないか見たいから、適当に泳いでみてくれないか？」

「……そもそも泳げませんよ？」

「できる限りでいいから」

「……溺れちゃいます」

「……足、つくよ？」

「人は三十センチでも溺れるんです」

確かに危険がないわけではない。

が、実際に見てみないことには判断できない。

「絶対、助けるから」

「……じゃあ、十秒経っても立ち上がれなかったら助けてください」

愛理沙はそう言うと、大きく息を吸って水に沈んだ。

それからバシャバシャと手足を動かし始める。

「……」

その姿は湖に落ちた虫のようだった。

幸いにも、溺れてはいなかったらしい。

十秒経って、愛理沙は立ち上がった。

そしてじっと、由弦に訴えるように言った。

「浮きません」

どうやら、ちゃんと水に浮くところから始めなければいけないようだった。

これはかなり重症だ。

「手足を動かさず、浮くだけに徹する……ってできる？」

「……浮かないですよ」

「溺れてたら助けるよ」

「……絶対ですからね」

愛理沙はそう言うと、ぴょんとプールの床を蹴った。

そして手足と背筋をピン！ と伸ばし……

しばらくして愛理沙は立ち上がった。

音もなく水に沈んでいった。

どういうわけか、ムスッとした表情をしている。

由弦は思わず苦笑した。

どうやら彼女はできないことがあると、不機嫌になる癖があるらしい。

負けず嫌いだからだろう。

由弦にとっては新しい発見だ。

「まあ、理由は分かったよ」

「……本当ですか？」

怪訝(けげん)そうな表情をする愛理沙。

どうやら信じられない様子だ。

「もしかして、力が入ってるからとか言うつもりですか？　……別に力を入れたからといって、私の体の質量や体積は変化しないと思うんですけれど」

どうやら過去にそういう指導を受けたようだ。

もっとも、結果は見ての通り、役に立たなかったようだが。

「感覚的にじゃなくて、できるだけ理論的に、実践的に教えるように努めるよ」

由弦の言葉に愛理沙は疑いの表情を浮かべながら、小さく頷いた。

愛理沙が泳げないのは、浮かび方が下手だからで、つまり水中での姿勢が良くないからである。

水面と平行に、頭はやや下がり、そして背中が一番上になるような形で浮かび上がるような形が理想的なのだが……

愛理沙の場合は足が沈み込んでしまい、体が斜めになっている。

なので、由弦はまず浮き方の矯正から始めた。

最初はだるま浮き。

次にクラゲ浮きをやらせ……そして最後に手足を伸ばした状態で浮かせる。

「すごい、すごいじゃないか、愛理沙！　こんな短い間に、ここまでできるなんて！」

「……ちょっと大げさに褒めてません？　まだ浮けただけですよ」

綺麗に浮くことができるようになった。

それだけで大袈裟に褒める由弦に対し、愛理沙は口をへの字にさせた。

揶揄われていると思った様子だ。

「そんなことはない。……泳げる人でも、浮き方が下手な人はいるんだよ。基礎は重要だ。こんなに早く身に付けられるなんて、思ってもいなかったよ」

由弦がそう言うと、愛理沙は表情を緩めた。

「そ、そうですか」

そして嬉しそうにはにかむ。

可愛らしい……由弦は心からそう思った。

とはいえ、愛理沙が可愛いのは真実だが、同時に過剰に褒めたのも真実ではある。

そもそも由弦は愛理沙の出来不出来にかかわらず、褒めそやすことを決めていた。

浮くことは重要だが、それ以上に水への恐怖心を薄れさせることが重要であると由弦は考えていたからだ。

……もっとも、愛理沙がしょげている姿を見たくないというのもある。

つまり由弦は愛理沙に甘いのだ。

「……次はどうします？」

「そうだね。……じゃあ、浮いた状態で俺が手を引っ張るから、バタ足をしてみてくれ」

練習は本格的な泳ぎ方……の基礎に入った。

バタ足の練習だ。

「……どうでしたか？」

「そうだね……」

「浮き方」にまず根本的な問題があった愛理沙だが、「バタ足」にも大きな問題点があった。

膝が大きく曲がっているのだ。

そして水面をバシャバシャと叩（たた）いている。

愛理沙の泳ぎが「湖に落ちた虫」に見える原因がこれだった。

それを伝えると、愛理沙は首を傾げる。

「膝を曲げないなんてできるんですか？」

「ふむ……一先（ひとま）ず、摑（つか）まりながらやってみようか」

由弦は愛理沙をプールサイドに摑まらせた。

そして愛理沙の足を掴み、手で動かすことで、バタ足のやり方、足の動かし方を教える。

「膝を動かすんじゃなくて、股関節から。足全体を使い、足の甲で水を蹴るイメージだ」

「な、なるほど!?」

少し矯正するだけで、ちゃんとしたバタ足になっていく。

由弦の教え方が上手いから……というよりは、単純に愛理沙の運動神経が良いのだろう。

指導は順調だ。

問題があるとすれば……

(や、やっぱり、目の毒というか、何と言うか……)

由弦の目の前には、愛理沙のすらっとした、長い脚があった。

それだけでなく太腿なのかお尻なのか分からない部分まで目に映っている。

好きな人のそんな部分を目の前にして、ドキドキするなという方が無理がある。

「そ、そろそろ、バタ足だけで泳ぐ練習をしようか」

「はい」

由弦は愛理沙の手を掴み、引っ張ってあげる。

一方の愛理沙はバタ足で前へと進む。

最初は不安定だったが、これも徐々に安定していき……由弦の補佐も「手を添えるだけ」になっていく。

「次は途中で手を離すぞ」

あらかじめそう予告をした上で、手を添え、バタ足で泳がせ、そして由弦は手を離す。

すると……

「あぶっ」

「愛理沙！」

ガクッと愛理沙が水の中に沈んだ。

由弦は慌てて愛理沙に近づき、手を掴み、引っ張り上げる。

「ゆ、由弦さん！」

愛理沙の方も必死な様子で由弦の体にしがみ付く。

そして何とか、由弦に支えられながら立ち上がった。

「少し早かったかな？」

「みたいです。……コツは掴めていると思っていたのですが」

由弦の手が離れた途端、不安になってしまったらしい。

慌てたことで体に変な力が入り、フォームが崩れ、沈んでしまい……そしてパニックになってしまったのだろう。

「次は……もう少し近くに、側にいていただけますか？」

「あ、あぁ……うん」

「……由弦さん？」

どうして歯切れが悪いのだろう？　とでも言いたそうに、由弦の婚約者は首を傾げた。

とても可愛らしい仕草だ。

普段の由弦であれば余裕を持って可愛いと思えるが、しかし鼻先が触れ合いそうな距離でそれをやられると、くらっとしてしまう。

同時に抱き着かれ、その素晴らしいプロポーションの肢体が自分の体と触れ合っているのだから、余計に堪らない。

「あっ、す、すみません……！」

ようやく、愛理沙も自分の女性として魅力的な部分を、由弦に押し当ててしまっていることに気が付いたらしい。

慌てた様子で離れた。

そして恥ずかしそうに水の中に隠れる。

「や、やりましょう」

「あ、あぁ！」

数十秒後、水の中から出てきた愛理沙に言われ、由弦も頷いた。

それから由弦は愛理沙の側で補助を続ける。

少し沈みそうなところを、そっとお腹から持ち上げてあげたり、乱れてきたバタ足を再度矯正したりと、やることはいろいろと多い。

しかしその全てに於いて、愛理沙の体に触れる必要がある。

それだけならばまだ良いのだが、故意ではない、事故による接触も当然発生する。

加えて愛理沙は時折失敗して、体のバランスを崩し、沈んでしまうことがある。

そのたびに助けるのだが、不安からか、本人も必死だからか、由弦に抱き着いてくるのだ。

成功した時は成功した時で、嬉しそうに由弦との距離を詰めてくる。

少しふざけて、ボディタッチをされることも多々ある。

そんなこんなで由弦は緊張しっぱなし、させられっぱなしだった。

(きょ、今日は本当に……辛いな)

バクバクと激しく鳴る心臓を自覚しながら、由弦は内心でため息をついた。

今日は妙に愛理沙に振り回されているように感じる。

もちろん、愛理沙は真面目に泳ぎを教わろうと思っているはずで、由弦とイチャイチャして遊ぼうだとか、誘惑しようだとか、そういうことを意識しているわけでも、意図しているわけでもないはずだ。

そんな相手に対して、変に意識するのは良くない……

と、思えば思うほど意識してしまい、魅力的に見える。

負のループだ。

……婚約者の魅力の再発見という意味では、正のループかもしれないが。

(愛理沙も怒ってくれればいいんだが……)

一度だけ、愛理沙のデリケートな箇所を指が掠めてしまったことがある。

これはさすがに怒られる！　と由弦は愛理沙の顔色を窺ったのだが……

愛理沙は由弦の方を見て、少し恥ずかしそうに微笑むだけだった。

このように多少の接触があっても、愛理沙の方は特に気にした様子は見せないか、もしくは気が付かないふりをしてくれるか、または恥ずかしそうに少しはにかむ程度の反応しか見せない。

由弦がわざと触れたのではないと理解しており、また不可抗力の接触は当然の物と割り切っているからなのだろうが……

由弦としてはいたたまれない気持ちになる。

さて、そんな時間を一時間半ほど続け……

「そろそろ……休憩にしませんか？」

「そ、そうだね」

愛理沙の提案を受け、一度プールから上がることにした。

「よいしょっと……」

自然と水面から上がる愛理沙の臀部を目で追ってしまい……

いや、これはダメだろうと由弦は自制する。

「……上がらないんですか？」

「あー、少し俺も泳いでからにしようかなと」

「そうですか」

愛理沙は澄ました表情で由弦に背を向けた。

そして大きく伸びをしたり、肩を回したりしてから……自然な仕草で指を水着の中に滑り込ませた。

「あっ……」

パチッと、音が鳴ったような気がした。

食い込みを直した愛理沙は由弦を振り返って言った。

「では、ジュースを買って、待ってます」

「わ、分かった！」

由弦は目を泳がせながら答えた。

そして立ち去る愛理沙を見送ってから……

「二、三、五、七……」

素数を数えて、身と心を落ち着かせることにした。

※

夕方。

練習を終えて、私服に着替え終えてから、愛理沙にお礼を言われた。

「今日はありがとうございました、由弦さん」

「教えるの……とてもお上手ですね。今日だけで、とても上達した気がします」

「いやいや、君の運動神経が良いだけだよ」

愛理沙のお世辞に対し、由弦は苦笑しながら言った。

正直なところ、愛理沙にドキドキさせられっぱなしで教えるどころではなかった。

記憶に残るのは、愛理沙の魅力的な姿や仕草ばかりだ。

（特にアレはヤバかったな……）

由弦は水着の食い込みを直している愛理沙を思い浮かべた。

一度だけならともかく、二度、三度と目の前で――それも自然な仕草で――やられてしまったため、かなり印象に残っていた。

「由弦さん……？　どうされましたか？」

「い、いや、何でもないよ」

ボーッとしていたところを指摘され、由弦は慌てて首を左右に振った。

まさか「君の競泳水着姿を思い出してたよ」などと答えるわけにはいかないので、誤魔化すしかない。

「そうですか」

幸いにも愛理沙は特に追及してくることはなかった。

「じゃあ、帰ろうか」

由弦は気持ちを落ち着かせてから、愛理沙にそう提案した。

今の愛理沙は競泳水着ではなく、ちゃんとした私服を着ている。

春コーデということもあり、肌の露出もないし、春コートによって体のラインも隠れている。

今の愛理沙なら全く怖くも何ともな……

「……」

その瞬間、由弦は見てしまった。

見えてしまった。

服の下に隠れているであろう、愛理沙の美しい肢体を……

勝手に幻視してしまったのだ。

「由弦さん？　本当に大丈夫ですか？」

「う、うん……大丈夫。少し疲れただけだ」

愛理沙は心配そうに由弦の顔を覗き込む。

すると愛理沙の髪から、カルキの香りがして……また変な連想が始まってしまう。

……これはかなり重症だ。

(これは変な癖がついてしまったかもな……)

由弦は今日一日で、脳味噌の一部が歪められてしまった。

これも全て雪城愛理沙という女のせいだ。

是非とも責任を取って、由弦と結婚してもらいたいものだ。

さて、一先ず二人は歩き出した。

幸いにも由弦の幻覚症状については、愛理沙の家の前に着く頃には治まっていた。

「そうだ、由弦さん」

「どうした？」

「次の練習日ですが、いつにしますか？」

由弦の表情が固まった。

再び幻覚が見え始める。

「つ、次か……」

「私としては、間を置きたくないなぁ……と。どうですか？」

今日だけでかなり上達してきたが、決して泳げるようになったとは言えない。

まだまだ練習は必要で……由弦が付き合わなければいけないのも、当然の話だった。

「か、帰ってから、予定を確認しておくよ」

次の練習前に心を落ち着かせる方法を考えておこうと、由弦は決意する。

「じゃあ、これで……」

「待ってください！」

立ち去ろうとする由弦を愛理沙は引き留めた。

恥ずかしそうに頬(ほお)を赤らめながら、大きく両手を広げた。

「さよならの……ギュッをしてください」

「……分かった」

由弦はゆっくりと、愛理沙を正面から抱擁した。

服の上からでも、愛理沙の柔らかな肢体を感じることができた。

「由弦さん……」

愛理沙はそっと、由弦の耳元で囁く。

「好きです」

「俺も……好きだ」

由弦も返した。

すると愛理沙は耳元で小さく笑った。

「でも……いくら、好きだからって、ダメですよ」

「……うん？」

由弦は思わず聞き返す。すると……

「あんまりえっちな目で見るのは。……少し恥ずかしいです」

ゾクゾクッとする物が、由弦の体の中を流れた。

気が付くと、愛理沙は由弦から離れていた。

「では、由弦さん。また今度」

愛理沙はそう言って小さく手を振ると、家の中に消えてしまった。

由弦は呆然と立ち尽くす。

最後にはカルキの香りと、愛理沙の温もりだけが残される。

「全く……」

愛理沙と結婚したい。絶対に結婚する、否、してやろう。逃がしてなるものか。

由弦はそんな決意を新たにした。

※

愛理沙が帰宅してからしばらく後のこと。

「あぁぁぁ!!　や、やり過ぎちゃったかなぁ!!」

愛理沙は枕を抱え、ベッドの上でゴロゴロとしていた。

その顔は真っ赤に染まっている。

途中、愛理沙の従妹（義妹）が愛理沙の部屋を覗き見て「まーた、やってるよ」と笑ってから立ち去ったのに気が付かないくらい、愛理沙は動揺していた。

今日、愛理沙は意図的に由弦を誘惑した。

もちろん、全て故意に行ったわけではない。

最初はむしろ愛理沙の方が緊張していて、それどころではなかった。

一度だけ、溺れそうになったのも本当で、その時に抱き着いてしまったのも、故意では

ない。

しかし……最初の一回目を除き、溺れそうになって何度も由弦に抱き着いたのは、わざとだ。

わざと泳げないふりをしたわけではないが、大袈裟に抱き着いたりしたのは、由弦を誘惑するためだった。

「本当にどうしてあんなことをあんなことを……」

どうしてあんなことをしてしまったのか。

端的に言えば調子に乗ったからであり、どうして調子に乗ってしまったのかと言えば、楽しかったからだ。

気持ちよかったと言い換えても良い。

今日は普段よりもずっと、由弦からの視線が強かった。

好きな人からそういう目で見られるのは恥ずかしいという気持ちもあるが、同時に嬉しく思う気持ちもある。

自分を見て欲しい、意識して欲しい……そういう気持ちが前に出てきてしまった。

また普段、愛理沙は由弦にリードされることが多い。

由弦の方が落ち着いているからだ。

しかし今日は愛理沙よりも由弦の方が動揺していた。

動揺する由弦を見るのは新鮮だし、愛理沙の一挙手一投足に由弦が反応するのは愉快だった。

「由弦さん、あんなに私のことを見て……可愛かったなぁ」

特に面白かったのは、水着の食い込みを直した時の反応だった。

露骨に目が泳ぎ、動揺を隠しきれていなかった。

何度も由弦の目の前でやってみせて、そのたびに由弦の表情を確認する……ということをしてしまった。

「あぁ……でも、露骨過ぎちゃったかなぁ……やめておいた方が……」

さすがに食い込みを直すたびに由弦と目が合うというのは、怪し過ぎる。

由弦が「もしかして愛理沙はわざとやっているのでは？」と考えていてもおかしくない。

由弦には〝愛理沙は清楚な女性である〟と思って欲しかった。

はしたない女だとは、思われたくなかった。

「で、でも、由弦さんの方も……喜んでた、よね？」

決して由弦は嫌そうではなかった。

それどころか普段よりも、愛理沙を意識してくれて、熱い視線を送ってくれた。

何より由弦は男性的な反応をしていた。

そういう反応に対して、愛理沙としては怖いと思う気持ち、不安に思う気持ち、恥ずかしく思う気持ちもあるが……

同時に女性としてそういう対象として強く認識されていると分かるのは嬉しいし、安心する気持ちもある。

自分だけの片想い（かたおも）いではないと、由弦の方も愛理沙を好きでいてくれるのだと、実感できるからだ。

「う、うん、大丈夫……だよね。だって、あれだけ私のことが好きなんだもの……」

次の練習ではどんなことをしてみようか。

もしかしたら、もう少し大胆になってもいいかもしれない。

いや、逆に恥ずかしそうにするのもありだ。

などと、ニヤニヤ愛理沙が妄想していると……

プルルルル!!

突如、携帯が震えた。

愛理沙は慌てて対応する。

「も、もしもし」

『もしもし、愛理沙か』

電話の相手は由弦だ。

おそらく、次の水泳デートの約束だろうと愛理沙は推察する。

……しかしその程度ならメールでも良いのでは？　と愛理沙は首を傾げた。

「何でしょうか？」

『次のゴールデンウイーク、予定はあるか？』

「いえ、ありません」

そろそろ五月初旬。

つまり国民の祝日が重なる連休、ゴールデンウイークが迫っている。

「次の水泳の練習は、連休中ですか？」

確かに連休中なら数日続けて泳ぎに行くこともできる。

練習する上では都合が良いだろう。しかし……

『あー、いや、そっちじゃない』

「そうですか。……では何でしょう？」

それとは別件のデートのお誘いらしい。

『これは愛理沙が良ければ……という前提になるんだが』

「はい」

『温泉旅行に行かないか？』

思わぬ由弦のお誘いに愛理沙は目を丸くした。

※

時は少し遡る。

プールから帰宅後、由弦は愛理沙のことを思い出し悶々とした時間を過ごしていた。

そんな時……携帯が鳴った。

相手は……高瀬川宗弦。由弦の祖父だった。

「もしもし」

『もしもし、由弦か』

「はい……どうしたんだ？」

何の用事だろうかと、由弦は首を傾げる。

『いや、大したことではないのだが。……直近のゴールデンウィーク、どう過ごすつもりじゃ？』

「どうって……実家に帰る予定はない。愛理沙と過ごそうかと思っている」

孫の顔でも恋しくなってしまったのだろうか？

と由弦は内心で首を傾げる。

『ほう、愛理沙さんと。それは良かった』

「……また世話を焼きに来たのか？」

約一年前、やたらと由弦と愛理沙をくっつけようとしていたのを思い出す。

もっとも、あのおかげで今があると考えれば恋のキューピッドと言えなくもないが……

しかし祖父に自分の恋愛事情に立ち入られたい孫などいるはずもない。

『まあ、そんなところじゃな。それで、何をするつもりだ？　どこか、デートの予定はあるのか？』

「具体的には決まってはいないけど……」

博物館や公園、もしくはボーリングなど、そんなにお金が掛からないような場所でデートをするつもりでいることを、由弦は話した。

すると……

『はぁー、情けない話じゃな。そんなところ、連休でなくとも、行けるじゃろう。もう少しマシな選択肢はないのか』

ケチを付けられた。

由弦としても「連休に行くところではないよな……」とは思っていたところなので、少し痛いところを突かれた形になる。

「俺の世話よりも、今は彩弓の世話をするべきじゃないか？」

少なくとも由弦は愛理沙という婚約者が決まっている。

すでに婚約者が決まっていて、それなりに仲の良い関係を築いている孫よりも、まだ婚約者の決まっていない孫娘の方に気を配ったらどうだと、由弦は指摘した。

『そっちは和弥に任せているから安心せい』

「へぇ……ちなみに候補とか知ってる？」

『複数いるが、有力なのは佐竹の倅じゃな』

佐竹の倅と聞き、由弦の脳裏には幼馴染みの佐竹宗一郎の顔が思い浮かぶ。

彼が義理の弟になるのは……由弦としては勘弁願いたいところだ。

もっとも、〝佐竹の倅〟は一人ではない。

「次男の方か」

宗一郎は長男だが、後継者は辞退するつもりらしい……

ということを由弦は小耳に挟んでいた。

少々珍しい話だが、宗一郎の人間関係を知っている由弦としてはいろいろと納得できる話だ。

そして宗一郎が家督相続を辞退すれば、家督は順番的には弟へと転がり込む。

『もしくは、三男か。……そもそも佐竹は次期後継者を定めておらんからな。まだどうとも言えん』

「なるほど」

佐竹は兄弟間での競い合い――要するに相続争い――を推奨している節がある。

だから次男が確実に次期後継者かどうかは分からないのだ。

『もっとも、まだ中学生じゃ。もう少し先の話じゃろう……それと人の心配よりも自分の心配の方が先じゃな』

話を元に戻されてしまった。

とはいえ、由弦にも愛理沙にもお金がない以上、それなりの出費が必要なデートプランは組めないのだ。

「……優しいお爺ちゃんがお小遣いをくれるなら、遊園地でもどこでも行けるんだけどなあー」

ダメ元で由弦はお小遣いを強請ってみる。

由弦が自分の祖父を〝お爺ちゃん〟というのは、随分と久しぶりだ。

『仕方がない。可愛い孫の頼みじゃ……ここは特別にお小遣いを……』

「おぉ！」

『と、言いたいところなのだが、彩由さんから甘やかすなと言われておるのでな』

「……余計なことを」

『まあ、どんな理由があれど無駄遣いしたのはお前じゃからな。しばらく、節制を学ぶと良い』

電話の向こう側で愉快そうに笑う宗弦。

この爺さんは俺を煽りに来ただけかと、由弦は内心で毒づく。

「……じゃあ、切るから」

『待て待て。小遣いはやれんが……しかし婚約者に愛想を尽かされそうな孫を放っておくつもりはない』

「……何をしてくれるんだ？」

どうせ碌な物ではあるまい。精々、役に立つかどうか分からない昭和のデートアドバイスだろうと思いながら由弦は尋ねる。

が、しかし宗弦の答えは意外な物だった。

『温泉旅館を予約しておいた』

「……え？」

思わず由弦は驚きの声を上げる。

『場所はいつもの場所……と言えば分かるじゃろう？』

「なるほど」

高瀬川家には御用達……と言って良いのか分からないが、よくお世話になっている療養地があるのだ。

由弦も何度か家族と共に行ったことがある。

『さて、どうする？　……嫌ならキャンセルするが』

「俺としては願ったり叶ったりだけど……」

正直な話、由弦としてもただ自分の部屋で寝泊まりするというのもどうなのかという思いはあった。

せっかくのゴールデンウイークなのだから、遊園地に行くなり旅行するなり、したかったのだ。

そういう意味では宗弦の提案は渡りに船だ。

もちろん、〝お金がないので祖父頼り〟というのは由弦としては少し情けないと思わなくもないが……

それでも温泉旅行は魅力的だった。

「一応、愛理沙に聞いても？」

『ふむ、まあそれは当然じゃな』

由弦の一存だけで決めることはできない。

もっとも、「温泉旅行は嫌です」となる理由は由弦には思い浮かばなかったが。

由弦は宗弦に礼を言ってから、電話を切り……

こうして愛理沙を温泉旅行に誘ったのだった。

第三章　婚約者と温泉旅行　前編

連休直前の……ある日の昼休み。

亜夜香、千春、天香、そして愛理沙の四人で弁当を食べている時のこと。

「「「お、温泉旅行!?」」」

亜夜香、千春、天香の三人は揃って驚きの声を上げた。

由弦から二泊三日の温泉旅行に誘われたのは、つい先日のことだ。

愛理沙は頷き……首を傾げる。

「そんなに驚くことですか？」

高校生で二人きりで旅行に行くのは、決して珍しいことではない。

女同士、遊園地に泊まりで遊びに行く……というようなことはよく聞く。

温泉旅行は遊園地と比較して少し渋めではあるが。

「いや、別に旅行そのものは驚くことではないけどね？」

「由弦さんと愛理沙さんがねぇーと」

「一気に段階を飛ばしたなと、そんな感じかしらね」

三人は温泉旅行そのものに驚いたわけではない。

接吻程度で大騒ぎするような純情カップルが、いきなり温泉旅行をすることに驚いたのだ。

「えっ……そんなに温泉旅行って、ハードルが高いんですか？」

愛理沙にとって、唇同士の接吻はかなりハードルが高い。

だが温泉旅行……お泊まりくらいなら、別にそこまでハードルが高いという感覚はない。

由弦の部屋に泊まったことだってあるのだ。

「うーん、まあ、でも、別室なら問題ないわね。……別室よね？」

「……どうですかね？　特に聞いてないです」

天香の問いに愛理沙はそう答えた。

そして三人が懸念していることに気が付いた愛理沙は、大袈裟に咳払いをした。

「一応言っておきますけど……そういうことをするつもりは、全くないですからね」

少し赤い顔で愛理沙はそう言った。

接吻すらまともにできていないのに、体を重ね合わせるようなことをするわけがない。

「愛理沙ちゃんがその気じゃなくてもねぇー」

「由弦さんには、ちゃんとそう言ったんですか？」

「……言わなくても分かることじゃないですか？　揶揄わないでください」

亜夜香と千春の問いに、愛理沙はムッとした表情で答えた。

一方、二人は顔を見合わせ、肩を竦める。

「いやぁ、男女で温泉旅行と言えば……その辺りの認識は重要事項なんじゃない？　同室なら尚更」

「異性の友人同士でも、同室で温泉旅行……となると期待する男の子は少なくないかと思いますよ？」

「……私と由弦さんは、友達じゃなくて、恋人で婚約者ですよ？」

「それなら尚更じゃないですか？」

「むむ……」

亜夜香と千春の指摘を受け、愛理沙は少しだけ不安になってきた。

もしかして、自分は意図せずに変なメッセージを由弦に送ってしまっているのではないかと。

「でも、相手は高瀬川君だしね？　彼は変な勘違いをするような人でもないし、無理に事を進めようとする人でもないわ」

「そ、そうですよね！　考えすぎですよね？」

「そうね。まあ……愛理沙さんが、高瀬川君を変に挑発したり、露骨に誘惑とかをしたりしなければの話だけど……そんなことはしないし、してないでしょう？」

「当たり前です。そんなことは……」

と、そこまで言いかけて、愛理沙は固まった。

それからあわあわと、動揺した様子を見せる。

「えっ……何か、変なことをしたの？　それは不味いんじゃ……」

心配そうな天香に対し、愛理沙は大袈裟に首を左右に振ってみせた。

「へ、変なことは……してないですよ？　た、ただ……」

「ただ？」

「この前、プールでデートをした時に……少し、少しだけ……無防備だったかなぁーと」

「具体的には？」

「何をしたんですか？」

亜夜香と千春に問い詰められ、愛理沙は恥ずかしそうにしながら自分の行い――由弦を誘惑するために、わざと無防備なことをしてみせたこと――の内容を、具体的に話した。

最初は面白がって聞いていた二人だが、しかし徐々に眉を顰め、最後には呆れた表情を浮かべた。

「愛理沙ちゃんって……普段は奥手なくせに、急に大胆なことするよね」

「というよりは、極端から極端に走ると言いますか……」

「距離感摑むの苦手な人が、急に馴れ馴れしくなるみたいな？」

「無口か、早口で長々話すかの二択しかない人感ありますね」

亜夜香と千春がこそこそと話し合う。

「髪色は陽キャでパリピ感あるのにね……」

天香も小声で同意するように言った。

一方の愛理沙は……

「全部聞こえてます。……悪かったですね、髪色だけで」

どうせ私は人付き合い下手ですよ！

と、いじける。

「誘ったのはゆづるんだよね？」

「しかもデートした日の夜ですよね？」

「……そうですよ」

「なら、決まりだね」

「決まりですね」

「き、決まりとは限らないじゃないですか！　だ、大体……わ、私の行動が原因だとしても、す、ステップを飛ばし過ぎです！」

やるなら接吻をしてから。

それからいろいろとステップを積み重ねてから、行為に移るのが普通だ。

「そ、それに……わざわざ、温泉旅行に誘う必要はありますか？　例えば……別に自分の部屋に呼ぶだけでもできますし……チャンスはいくらでもあります」

何しろ愛理沙は週に一度、由弦の部屋を訪れているのだ。

つまり週に一度はチャンスがある。

「……蛇って、締め上げてから、丸のみするわよね」

温泉旅行などという場を用意する必要はない……と、愛理沙は主張した。

唐突に天香がそんなことを言い出した。

「そ、それが何だって言うんですか！」

「いや、もしかしたら……丸のみするつもりなのかなぁーと。旅行中なら逃げられないし」

「なっ……！」

丸のみ。

つまり少しずつではなく、一口で愛理沙を美味しくいただいてしまおうということだ。

「あー、それはあり得るね。ゆづるん、段取りとか根回しとか、入念にするタイプだし」

「それにやられたらやり返す人ですからね」

「そ、そんな……で、でも、由弦さんは……無理矢理するような人では、ないです」

愛理沙はその点について、由弦のことを信頼している。

だからこそ、好きになったのだ。

愛理沙が嫌だと言えば絶対にやめてくれるし、仮に嫌だと口にしなくとも、察してくれるような人だ。

「そりゃあ、無理矢理なんて絶対ないよ。……やるなら、雰囲気作りからでしょ。旅行中、チャンスはいくらでもあるだろうし」

「今頃、どういう風に誘おうか、シミュレーションしてるかもしれませんね」

ニヤニヤと笑いながら亜夜香と千春がそう言うと、再び愛理沙は「あわあわ」とした表情になる。

「ど、どういう風って、具体的には……どんな感じだと言うんですか？」

「あれ？　愛理沙ちゃん、興味あるの？」

「何だかんだでムッツリですね」

「ち、違います！」

愛理沙は首を大きく左右に振った。

「た、ただ……由弦さんがどういうことをし始めたら、そういう意味なのかと……その、あくまで、警戒するためにですね……」

そんな愛理沙に対し、亜夜香と千春は少し考え込んだ様子を見せてから、答えた。

「例えば……肩を揉むとか？」

「それでどさくさに紛れて、胸に触るんですよね」

「ちょっとずつ、手つきが大胆になっていって……」

「や、やめてください!!」

愛理沙は恥ずかしそうに耳を塞いだ。

自分から聞いたくせに、と亜夜香と千春は肩を竦めた。

「他にも露天風呂に誘ってきたりとか。……婚約者だし、普通だろ？　みたいな。露天風呂付き客室の場合なら、だけど」

「い、一緒に、お、お風呂!?」

「後は夜這いとか？　さりげなく、触ってきたりして……」

「よ、夜這い!?」

愛理沙の顔は耳まで真っ赤に染まっていた。

想像しただけでもダメなのか、くらくらと目を回している。

「いい加減にしなさいよ、あなたたち……」

天香はため息をついた。

それから不安そうな、恥ずかしそうな表情の愛理沙に対し、安心させるように優しい声で言った。

「大丈夫よ。高瀬川君は紳士的な人だって……あなたが一番知ってるでしょう？」

「は、はい。……ですよね？　そんなこと……」

「ええ、彼は抱かせてくれって、正面から頼む人よ」

「それはそれで困ります……」

　果たして大丈夫なのかと愛理沙は不安になるのだった。

※

　一方、その頃。

　由弦は宗一郎、聖と共に弁当を食べていた。

「へぇー、温泉旅行……」

「いいな」

「だろう？」

　今度の連休中、愛理沙と共に温泉旅行に行くつもりだ。

　と、由弦は二人に話していた。

　ちょっとした自慢である。

「ちなみに旅館は……小さい頃、泊まりに行ったところか？」

「ああ、そこで合ってる」

　小学校に上がる前、由弦、亜夜香、宗一郎、千春の四人で泊まりに行ったことがある。

　それ以前から知り合いではあったが、本格的に〝幼馴染み〟として仲良くなったのはそれ以降だ。

「ほう……もしかして俺の曽祖父の姉が経営していた旅館か？」

　聖は由弦に尋ねる。

　由弦は小さく頷いて答えた。

「その通りだ」

「なるほどねぇー」

　もっとも、その旅館は〝良善寺〟ではない。

〝聖の曽祖父の姉〟は結婚と共に姓を変えたからだ。

　聖にとっては遠い親戚が経営している旅館という感覚だろう。

「それにしても温泉旅行か。……一応、新婚旅行ということになるのか？」

「まあ……〝新婚〟と言っても、結婚ではなくて婚約だが」

　宗一郎の問いに由弦は曖昧に頷いた。

　新婚旅行とすると、微妙に趣旨が変わる。

「婚約一周年記念旅行じゃねぇか？　どちらかと言えば」

「まあ……そういう感じかな？」

由弦は頷いた。

もっとも、「婚約一周年」の頭には〝偽装〟と付く。

由弦と愛理沙にとって、本当の意味での婚約は少し前にあったホワイトデーだ。

そういう意味で特別な日という感覚は、由弦と愛理沙にはない。

「ところで温泉旅行に行って……具体的に何をするつもりだ？」

「何をって……そりゃあ、温泉に浸かったり、食事したり、ちょっと観光地を回ったり……ゆっくり過ごすつもりだが？」

宗一郎の問いに対し、由弦は首を傾げつつも答えた。

旅行ですることと言えば、それ以外にはないだろう。

「それとも具体的にどこを観光する予定なのかという話か？」

「いや、そういうわけではないが……愛理沙さんと、何か特別なことをしないのかなと」

「……特別なこと？」

宗一郎の問いに由弦が首を傾げていると……

「鈍いな、由弦。男と女が旅行に行くってなったら、これだろ、これ」

そう言いながら聖は片手で輪っかを作り、もう片方の指をその輪っかの中に入れてみせた。

　聖の意図に気付いた由弦はため息をつく。

「するわけないだろ。……まだまともにキスすらしてないんだぞ」

「え？」

「冗談は止せ」

「……冗談ならもっと面白いことを言う」

　由弦の言葉に宗一郎と聖は驚きの表情を浮かべた。

「俺はてっきり、やることはもうやっているのかと」

「あれだけラブラブなのにキスすらまだとか、純情すぎだろ」

「黙れ……特に聖」

　恋人もいないやつに言われたくない。

　と由弦が軽く睨むと、聖は苦笑して肩を竦めた。

「キスなんか、別に特別なことでも何でもないだろ。口付けるだけだぞ。早くやってしまったらどうだ？」

　宗一郎に言われて、由弦は口を噤んだ。

　由弦よりも間違いなく恋愛経験が豊富な宗一郎に対しては、あまり強気になれない。

「いや、まあ……キスはキスでも、唇にはできていないだけで……手の甲とか、髪なら、もう済ませたぞ？」

「……手の甲？　髪？」

「……それは唇よりもマニアックじゃないか？」

「そうだろうか？　……そうかも」

あいにく、由弦は愛理沙以外の相手に接吻をしたことがないので、何が普通なのかは分からなかった。

愛理沙も同様だろう。

しかし考えてみれば、接吻と言えば唇かもしくは頬辺りが普通であり……手の甲や髪は、少し特殊なのかもしれない。

「とはいえ、顔は恥ずかしいからなぁ」

「恥ずかしい？」

「愛理沙さんが？」

「そうだ」

どうして未だに接吻をしていないのか？

その理由は愛理沙が恥ずかしがるからだと、由弦は語った。

「愛理沙さんは嫌がっているのか？」

「うーむ……嫌というわけではないみたいだけど。本人もしたいとは言っているし。ただ……踏ん切りがつかない？　みたいだ」

もっとも、由弦は愛理沙ではないので、愛理沙が本当のところ、どう思っているかまでは分からない。

本当は嫌だが、由弦に配慮してそういう言い方をしているだけの可能性はある。

「お前はそれで良いのか？」

宗一郎の問いに由弦は苦笑しながら頷いた。

「まあ、時間はあるしな。愛理沙を傷つけたくないし……」

強引に進めても良い結果にはならないと由弦は考えていた。

今回は由弦が我慢すれば良いだけの話。

少しずつ、進めて行けば良い。

「……ビビってるだけってことはないか？」

聖の問いに対し、由弦は頷く。

「愛理沙が怖がっている可能性は……」

「いや、お前がだよ」

「……俺が？」

由弦が問い返すと、聖は頷いた。

「そうだ。俺にはお前がいろいろと理由を付けて渋っているように聞こえた」

「だが、愛理沙は恥ずかしがっている」

「そう、恥ずかしがっているだけだ。それだけなら、お前の工夫や熱意で、どうにでもなるんじゃないか？　怖がっているならともかくとして、な」

「……怖がっている可能性もある」

「それならまあ、慎重に続けるなら、妥当な判断だな」

聖はあっさりと持論を引っ込めて、肩を竦めた。

彼自身、恋人がいるわけでもない自分があれこれ言っても説得力がないと考えているのだろう。

「俺も今すぐしたいと思っているわけではない。そもそも、恋人になってから数か月しか経っていない。一般的な感覚は分からないが……別におかしいということはないだろう？」

恋人関係になってから、どれくらいで接吻をするかはそれこそ人それぞれだろう。

由弦と愛理沙の場合、交際して一月半程度だが……

この段階で接吻をしていないのは、決して珍しくないと由弦は考えていた。

「そうだな」

由弦の言葉に同意するように宗一郎は頷いた。

しかし……

「しかしあまり長引くのは、良くないぞ」

「……たかがキスだろう？」

「たかがではない」

由弦の言葉を、宗一郎は首を左右に振って否定した。

「キスは愛情を確かめ合う、もっとも簡単で分かりやすい手段だ」

百の言葉よりも一の行動の方が重い……と、宗一郎は語った。

「それに愛は時間経過で冷めるものだ。続けるには互いの努力がいる」

「言われなくとも分かっている」

少しムッとした由弦はそう言い返した。

すると宗一郎は満足そうに頷いた。

「分かっているなら結構だ。……頑張るんだな」

大袈裟な奴だと思いながらも……

由弦は大きく頷いた。

※

温泉旅行の当日。

由弦は天城家を訪れていた。

「お久しぶりです。天城さん」

玄関で出迎えてくれた天城直樹（なおき）に対して、由弦は軽く頭を下げた。

由弦が天城家を訪れたのは、愛理沙を迎えに行くためと、直樹に挨拶をするためだ。

婚約者とはいえ、大切な娘さんを預かる以上はちゃんと顔を見せた上で許可を得るのが道理というものだ。

「ああ、お久しぶり、由弦君」

淡々と義務的な声音で直樹はそう言った。

そんな彼の隣には愛理沙が立っており、小さく由弦に会釈した。

「せっかくだ。……少し休憩していきなさい。上がってくれ」

予定している新幹線の時刻までは、十分な余裕がある。

というよりは、愛理沙の家に上がることを想定して、予定を立てていたというのが正解だ。

天城家にとって、家まで来てくれた由弦をお茶も出さずに行かせるのは、失礼に当たる。

また、由弦の方も「電車の時間が迫っているので」などと言ってそれを断ったりするのは、礼節に欠ける上に、余裕がないと捉えられてしまう。

……と、その辺りは暗黙の了解として、双方折り込み済みだ。

「では、お言葉に甘えて。お邪魔します」

由弦は靴を脱ぎ、家に上がった。

愛理沙の家に上がるのは、愛理沙が風邪を引いたとき以来である。

「由弦さん……こちらです」

「あぁ、ありがとう」

応接間へと、愛理沙に案内してもらう。

そして勧められるままにソファーへと座った。

「あぁ……そうだ。どうぞ、これを。父からです」

厳密には父親から振り込まれたお金で購入したお菓子を、由弦は直樹へと渡した。

直樹は相変わらずの無表情でそれを受け取る。

「ありがとう、由弦君」

そして冷淡な声でそう言った。

それと同じタイミングで愛理沙の養母――天城絵美――が応接間に入ってきた。

手にはお盆、そして三人分の紅茶を持っていた。

「これは……お久しぶりです」

「……ええ、お久しぶりです。愛理沙さんがいつもお世話になっています」

絵美はそんな社交辞令を口にしてから、紅茶をテーブルに並べた。

「ありがとうございます」

「いえいえ……ではごゆっくり」

そして軽く頭を下げて退室した。

由弦はそんな彼女を見送ってから、紅茶を口にする。

そこそこ良い茶葉を使っていることが分かった。

まずは愛理沙を交えた上で軽く談笑していると……

と、そこで強くノックする音がした。

「天城芽衣（めい）です。お客様にご挨拶をしたいのですが、入室してもよろしいでしょうか？」

可愛（かわい）らしい女の子の声だ。

直樹が由弦に目配せをして、由弦が大きく頷（うなず）く。

「入りなさい」

「はい。失礼いたします！」

ガチャッ！　と勢いよくドアが開く。

現れたのは十二、三歳程度の年齢に見える少女だった。

その女の子はニコニコと人懐こそうな笑みを浮かべてから、丁寧に一礼した。

「初めまして、天城芽衣と申します。……高瀬川先輩――彩弓（あゆみ）さん――にはいつもお世話になっています」

天城芽衣。

愛理沙の従妹で中学一年生。

そして由弦の妹である高瀬川彩弓の後輩だった。

「君が芽衣さんか……いや、いつもうちの妹がお世話になっているよ」

そう言って由弦が手を伸ばすと、彼女は笑みを浮かべて由弦の手を握った。

「……どうかな？　うちの妹の学校での様子は」

せっかくなので、由弦は妹の後輩から直接、妹の様子を聞くことにした。

この質問は想定通りだったのか、芽衣は特に考える様子もなく答える。

「私だけでなく、みんな先輩を慕っています。本当に頼りになる先輩です」

「へぇ……それは良かった。後輩を相手に威張ったりしていないかと、心配していたんだ」

由弦が意地悪半分でそう言うと、芽衣は表情を一瞬だけ引き攣らせた。

そして少し考える様子を見せてから答える。

「……そんなことはないですよ」

どうやら由弦の予想はそれほど外れているわけではないようだ。

彩弓の性格と芽衣の立場を考えれば、子分にされるのは不可避だろう。

「もし、目に余るようであれば教えて欲しい」

と、婚約者の妹に気遣いの言葉を口にした由弦だが……

「ご心配は無用です。……私は高瀬川先輩のようになりたいと、思っています。目標ですから」

にこり、と芽衣は笑みを浮かべてみせた。

どうやら彼女は彩弓卒業後の次期女王の座を狙っているようだ。

「さすがは姉妹。しっかりしているところが、とてもよく似ている」

「そう言っていただけると嬉しいです。……お姉様もまた、私の目標とする女性像です」

由弦のお世辞に対し、芽衣はニコニコと笑みを浮かべながら答えた。

ちなみに由弦が従妹ではなく姉妹と言ったのは、意図的な物だ。

ここで〝従姉妹〟と表現するのは、いくら本当とはいえ……少し無粋だ。

多少事実と異なっていたとしても〝姉妹〟と表現した方が無難である。

〝従姉妹〟よりも〝姉妹〟の方が関係性は強いのだから。

芽衣が愛理沙を〝お姉様〟と言ったのも、由弦が〝従姉妹〟という表現を避けたことに気付いたからだ。

要するに「私はあなたの婚約者を本当の姉のように思っています」（だから私とあなたの関係は義理の兄妹です）と、示してみせたのだ。

わざわざ強調するくらいなので、どこかの従兄とは異なり、由弦とは仲良くしたいと思っているのだろう。

（……数か月前まで小学生だった割には、利発な子だな）

由弦が強めに投げつけたボールを、強めに返してくる。

見た目と人懐っこい笑顔には似合わず、強かな性格をしているらしい。

従姉妹同士なのに、愛理沙とは全く似ていない……

ように見えて、愛理沙も意外と気が強いところもあるし、人によって顔を使い分けたりすることがあるので、その辺りは似ている。

おそらく、母方由来の気質だろう。

「もう少し……彩弓の様子を聞いてもいいかな？　具体的に」

「はい」

由弦の妹・芽衣の先輩という共通の人物を話題に、会話を広げる。

すると芽衣は徐々に、饒舌になっていった。

「高瀬川さんも……高瀬川先輩に大変似てらっしゃいますね」

ぽつり、と呟くように芽衣は言った。

特におかしな発言ではないが、何となく由弦は芽衣の内心が零れてしまったように感じた。

「へぇ……どの辺りが似ているかな？」

試しに拾ってみる。すると……

「……目の色とか、とても似ているなと思いました」

僅かに間が合った。

どうやら、答えにくいところを〝似ている〟と感じたらしい。

妥当な誤魔化し方をする芽衣。

由弦はその父譲りのブルーの瞳を細めた。

「容姿以外はどうかな？」などともう少し突っ込んで聞いてみようと思った由弦だが……

ぐいぐいと、服を引っ張られた。

「由弦さん。……あまり芽衣ちゃんを困らせないでください」

そう言って愛理沙は由弦を咎める。

一見すると芽衣への助け舟のように見えるが……同時に婚約者が従妹と話し込んでいることに嫉妬し、拗ねているようにも見えた。

「そうだね、悪かった」

「……私にではなく、芽衣ちゃんに言ってください」

婚約者に促され、由弦はホッとした表情を浮かべている将来の義妹へと再び向き直る。

「すまなかった。……妹には、君が尊敬していたと、伝えておくよ」

「……ありがとうございます」

ペコリ、と芽衣は由弦に頭を下げた。

「由弦さん、そろそろ……」

と、そのタイミングで愛理沙がそう言って、時計を見た。

そろそろ時間だ。

由弦はあらためて直樹の方へと向き直った。

彼は先ほどからずっと無言で、由弦や芽衣、愛理沙のやり取りを聞いていた。

芽衣を試していた……のではなく、単に無口なだけだろう。

似たような人物を由弦は知っている。

橘虎之助（たちばなとらのすけ）――亜夜香の叔父――は〝沈黙は金、雄弁は銀〟を地で行く人である。

「天城さん。私の代となった後も、父と変わらぬお付き合いをよろしくお願いします」

高瀬川家次期後継者として由弦はそう言った。

今後とも、友好的なお付き合いを続けましょう……と、表向きにはそういう意味だ。

しかし同時に「あなたは義父だが、その前にこちらは高瀬川家、そちらは天城家だ。根本の部分は変わらない」と、捉えることもできる。

「ああ、これからもよろしく頼むよ、由弦君」

直樹は特に気にした様子もなく、無表情でそう答えた。

由弦の予想通り、言外に含んだことについては気が付かないタイプらしい。

亜夜香の叔父、橘虎之助とはその辺りが違う。

亜夜香の叔父、もしくは亜夜香本人なら、絶対に何らかの形で釘（くぎ）を刺してくるからだ。

（まあ、父さんの言葉通り……素直で正直、人を疑わない人だ）

これは決して悪いことではない。

一々、「こいつはどういう意味でそれを言ってるんだろうか？」と疑ってくる人と、疑わずに素直に受け取る人、どちらと友達になりたいかと言えば、後者だ。

こういう人格、性格の人は信用できる。

由弦の父も、直樹の人格については気に入っている様子だったし、由弦にとっても好印象だ。

……まあ、嫌いなやつの娘を、自分の息子の婚約者にはしないだろう。

（しかし……もう少し、笑えば印象も違うと思うんだけどな……）

由弦の父は直樹について、こうも言っていた。「話せば良いやつだ」と。

これはあまり良いことではない。

「話せば良いやつ」ということは、「話さないとよく分からないやつ」だからだ。

愛理沙が苦手としているのもよく分かる。

何を考えているのかよく分からない。むしろ不機嫌そうに見えるくらいなのだから。

「高瀬川さん」

と、そこで芽衣に呼びかけられた。

「今後とも義理の妹として、高瀬川家のパートナーとして、よろしくお願いします」

そしてニコッと愛想良く笑う。

わざわざ義理の妹などと最初に言う辺り、父親とは異なり高瀬川家との縁を強調する意味があると考えて良いだろう。

しかし気になるのは、〝高瀬川家のパートナー〟という言葉だ。

由弦の妹である彩弓は、決してこのような言葉を口にしたりはしない。

次期後継者ではない人間が、家を代表するようなことは、言うべきではないからだ。

芽衣がその辺りを理解できていないとは思えないので、天城家の次期後継者は芽衣であると考えて良い。

もしくは、実の父親が理解できないのを良いことに、勝手に主張しているか。

（そもそも天城家に〝次期後継者〟という概念があるとは思えないからな……）

おそらく後者であると、由弦は認識した。

敢えて意訳するのであれば「この天城芽衣に清き一票をよろしくお願いします！」と、そんな感じだろう。

父親とは異なり、笑顔のくせに考えていることは腹黒い。

他家の後継者問題に介入するのは御法度……と言いたいところなのだが、由弦としては面倒ごとを引き起こした従兄君よりも、この利発そうな従妹ちゃんの方が、仲良くできそうだ。

由弦はそれとなく父親に伝えておこうと決めた。

(そう言えば彼は……大学か)

天城大翔は大学生で、関西で一人暮らしをしている。

まだ帰っていないのだろう。……帰って来ていたら、さすがに顔を見せるはずだ。

さて、由弦は愛理沙と共に立ち上がり、玄関に向かう。

「愛理沙、荷物持とうか?」

「では……よろしくお願いします」

由弦は愛理沙からキャリーバッグを受け取り、玄関まで運ぶが……

「あっ……」

と、そこで青年と鉢合わせした。

彼は由弦を見るなり小さな声を上げ、それから少し気まずそうに表情を歪めた。

ゴールデンウイーク中ということで、丁度帰省してきたところのようだ。

「これはお久しぶりです、大翔さん」

「あ、あぁ……由弦君。うん、久しぶりだね」

丁寧に対応した由弦に対し、大翔は生返事気味に挨拶をした。

そして愛理沙と、由弦が持つ愛理沙のバッグを見てから何とも言えないような表情を浮かべ……

「で、では僕はこれで」

「おい、大翔」

「お兄様……」

直樹の制止も聞かずに家の奥へと消えてしまう大翔。

何なんだと、眉を顰める直樹。

一方で芽衣は小さくため息をついた。

そして由弦と愛理沙に向かって言った。

「兄が失礼を……ちょっと傷心中なんです。許してあげてください」

愛理沙はきょとんと首を傾げ……

由弦は苦笑するしかなかった。

※

「愛理沙。窓際と通路側、どっちが良い？」

「うーん……では、通路側で」

そんなやり取りをしながら、二人は新幹線の座席に腰を下ろした。

しばらくすると、列車が動き出す。

「……ふぁぁ」

愛理沙は小さく欠伸をした。

眠そうに目を擦る。

「眠れなかったのか？」

「ええ、まあ……」

愛理沙は曖昧な笑みを浮かべた。

理由は楽しみにし過ぎて眠れなかった……そんな感じだろうか。

「修学旅行前の小学生みたいだ」

由弦がそう言って笑うと……

「誰のせいだと……」

愛理沙は小さく何かを呟いた。

「……何て言った？」

「い、いえ……何でもないです」

愛理沙はそう言って首を左右に振った。

それから少し思いつめたような表情を浮かべて……

「由弦さん。……芽衣ちゃんって、どう思います？」

「え、どうって……」

由弦は少し考えてから答えた。

「利発な子だなと……思ったよ」

「そうですか。……可愛（かわい）いと、思います？」

「え？　まあ、君の従妹（いとこ）だし……数年すれば美人になるだろうなとは思うけど」

「ですよね。えっと……」

「さすがに中学一年生は恋愛の対象外だ。……それに君の方がタイプだ」

由弦がはっきりとそう言うと、愛理沙は安堵（あんど）の表情を浮かべた。

どうやら、やきもちを焼いていたらしい。

「嫉妬してくれた？」

「す、少しだけ……その、楽しそうに話していたので……」

愛理沙は恥ずかしそうにそう言った。

ちらっと上目遣いに由弦の顔を見上げる。

「具体的に……私の外見の、どこがタイプですか？　……芽衣ちゃんと比較して」

「えっ……」

少し難しい質問だ。

例えば顔立ちだが、従妹同士ということもあり、愛理沙も芽衣もそこそこ似ているのだ。

差異があるとすれば……

「髪色は愛理沙の方が綺麗だ」

「そ、そうですか」

愛理沙は嬉しそうに自分の髪を撫でた。

愛理沙自身も、自分の亜麻色の綺麗な髪については自慢に思っている部分なのだろう。

「他には……どうでしょうか？」

「うーん、他にか……どこがどうだからと具体的に説明することは難しいが、君の方が大人っぽい……のは当たり前か。そうじゃなくて……」

愛理沙が芽衣よりも大人っぽいのは当然だ。

愛理沙の方が年上なのだから。

「芽衣ちゃんは可愛らしい、という感じだ。一方、君は可愛らしいのはもちろんだが、同時に綺麗という印象を受ける……かな？」

人の容姿の好き好みは人による。

しかし愛理沙の方が〝美しい〟のは間違いない。

「なるほど……そうですか」

由弦の言葉に納得したらしい。

愛理沙は満足そうに頷いた。

それから座席に凭れ掛かり……僅かに目を細める。

「眠いなら寝て良いよ。起こすから」

「……では、お言葉に甘えて」

愛理沙は目を閉じた。

一方、由弦は携帯で電子書籍を読み始める。

しばらくすると……

「んっ……」

由弦の肩に僅かな体重が加わった。

ほんのりと、甘い香りがする。

「……っふ」

由弦はちらりと愛理沙の可愛らしい寝顔を一瞥し、思わず笑った。

※

目的駅に到着する……十分前。

由弦は愛理沙を起こすことにした。

「愛理沙」

つんつん、と愛理沙の頬を指で突く。

ぷにぷにとした感触が何とも癖になる。

「んっ……」

「早く起きないと悪戯しちゃうぞ」

由弦はふざけ半分でそんなことを言った。

もちろん、人の目があるような場所でできる〝悪戯〟など大したものではないが。

「……だめです」

愛理沙は薄目をぼんやりと開けて、そう言った。

ゆっくりと起き上がり、大きく伸びをする。

「んー、おはようございます」

目をぱちぱちとさせた。

まだ少し眠そうにしている。

「おはよう。……愛理沙、涎垂れてる」

「えっ、嘘！」

慌てた様子で愛理沙は口元を手で拭うが……

「ごめん、嘘」

「ちょっと！」

「でも、目、覚めただろ？」

由弦がそう言って笑うと、愛理沙は整った眉を上げた。

「もうっ……！」

そんなやり取りをしていると、駅に到着した。

由弦と愛理沙は列車から降りる。

それから改札を通り、タクシーに乗り込み、目的地を伝える。

「お二人さん、お若いですね。……学生さんですか？」

「はい、そうです」

「大学何年生？」

「あー、いえ、高校生です」

「高校生!? へぇー」

運転手とそんなやりとりをしていると、目的地に到着した。

少し年季が入った雰囲気の、大きな旅館だ。

「何と言うか……風情があっていいですね」

愛理沙は少し弾んだ声で言った。

今時の女子高生である愛理沙には渋すぎるのでは？　という心配は杞憂（きゆう）だったようで、

由弦は安心する。

「じゃあ、行こうか」

「はい」

二人で旅館に入り、ロビーで「予約していた高瀬川です」と伝える。

しばらくすると、白髪交じりの女性が現れた。

「ようこそ、いらっしゃいました」

と、そんな挨拶をしてから……

「それにしても、あらあら……本当に大きくなられましたね。由弦君……いえ、由弦さん」

口に手を当て、嬉しそうに言った。

彼女はこの旅館の女将(おかみ)であり、由弦にとって古い知り合いだった。

「お久しぶりです」

由弦は軽く会釈をした。

それから自分の一歩後ろで佇(たたず)んでいる婚約者、愛理沙へと視線を向けた。

「僕の婚約者の……雪城(ゆきしろ)愛理沙です」

「雪城愛理沙です。よろしくお願いします」

愛理沙はニコッと、笑みを浮かべてそう言った。

一方、女将は「まあまあ」と嬉しそうな声を上げる。

「これはまた、別嬪さんだこと……」

それからどこで出会ったのか、交際してどれくらい経つのか……そんなことを根掘り葉掘り聞かれる。

最初はにこやかに答えていた愛理沙だが、徐々にその笑みはどちらかと言えば〝苦笑〟という感じへと変わっていく。

「女将さん、そろそろ……」

と、そこで旅館の従業員——仲居——がやんわりと、女将に忠告をした。

話が長すぎる、と。

すると女将はハッとした表情を浮かべ、誤魔化すように微笑んだ。

「では、こちらに……」

そして客室へと案内される。

「わぁー、素敵ですね」

客室に入るなり、愛理沙は感嘆の声を上げた。

内装が綺麗なのはもちろんだが、ガラス戸から見える庭の景色も風情があり、美しい。

それから部屋や館内の設備に関する、簡単な説明を受ける。

「浴室ですが、大浴場はもちろんありますが、こちらの方にも小さいですが、露天風呂があります」

そう言われ、客室に付けられた露天風呂へと案内される。

プライベートな入浴を楽しむこともできるということだ。

最後に布団を敷く時間、食事を持ってくる時間などを決め……

「では……お楽しみください」

にこやかな笑みを浮かべてから、女将はその場から退出した。

由弦は女将を見送ってから、愛理沙に言った。

「早速……風呂に行かないか？」

由弦の提案に対し、愛理沙は……

「えっ……お、お風呂、ですか」

何故か目を泳がせた。その顔は少し赤い。

「そうだけど……嫌か？」

寝る前に入りたいとか、そういう感じなのだろうか？

と由弦は首を傾げた。

別に寝る前に入りたかったら、その時はその時でまた入れば良いじゃないかと由弦は思ってしまう。

「い、嫌というわけでは……その、ないんですけれど……」

「……体調が悪いとか？」

由弦の脳裏に浮かんだのは、生理だ。

生理中は入浴できない……という決まりがある浴場は、決して少なくない。

「そ、そうではないんですが……」

気が付くと、愛理沙の顔は耳まで赤くなっていた。

顔を俯(うつむ)かせ、時折、ちらちらと由弦の方へと視線を向ける。

「恥ずかしい……とか？」

同性であっても、裸体を見られたくないという人は決して珍しくない。

特に愛理沙は目立つ容姿、スタイルをしているので……同性であっても、目を引くだろう。

それに元々、恥ずかしがり屋だ。

人前で裸になるのが嫌だ、恥ずかしいというのはそれほど違和感はないが……

（……なら、最初からそう言ってくれれば良いのに）

時間や準備があれば、対応もしやすかっただろう。

それに無理に温泉旅行に来ることもなかった。

「ゆ、由弦さんは……は、恥ずかしくないんですか？」

「え？　それは、まあ……凝視されれば、気まずくはなるが……」

由弦の風呂と裸に対する感じ方は、一般的多数の日本人男性と同じだ。

つまり恥ずかしくはない。

「ぎょ、凝視って……」

「さて、どうするか。例えばだが……水着があれば、入れたりする？」

「そ、それなら、大丈夫だとは思いますけど……そ、そこまで、入りたいんですか？」

「それはまあ、そのために来たわけだし……」

温泉旅行の主目的は温泉に入ることだ。

料理や観光を楽しむという目的もあるが、温泉に入らなければ始まらない。……と、由弦は考えている。

「そ、そう、ですか……」

「……いや、まあ、愛理沙が嫌なら、俺は一人でも入るけど」

別に由弦も無理強いするつもりはない。

由弦としては共に楽しい気持ちを共有したいという思いがあったが、愛理沙が楽しめないなら、意味はない。

「い、いえ……嫌というわけでは……由弦さんが、そこまでしたいということであれば……」

愛理沙はギュッと拳を握りしめてから、決心した様子で言った。

「が、頑張ります！」

「いや、そこまで頑張らなくてもいいから……」

由弦は苦笑した。

人の目が気になるのであれば、愛理沙は客室の露天風呂に入ればいい。

そもそも大浴場も男湯と女湯で分かれているのだ。

楽しい気持ちの共有という意味では、何の問題もない。

(……いや、待てよ？)

と、ここで由弦は気付く。

「愛理沙、念のために、言っておくけど……」

「は、はい」

「別にそこの露天風呂に一緒に入ろうという話ではないぞ？」

「……え？」

愛理沙の表情が固まった。

「で、では……どこのお風呂、ですか？」

「いや、それは……大浴場の話だけど。……それと、大浴場は男湯と女湯で分かれているからな？」

「……」

愛理沙は黙ってしまった。

キリッと、少し潤んだ瞳で由弦を睨みつけ……

「由弦さんのバカ!!」

大声で怒鳴った。

※

幸いにも、愛理沙は由弦と同様で「銭湯や温泉ならば裸になっても問題ない」「同性が相手なら、凝視されない限り大丈夫」という感覚の持ち主だった。

そういうわけで、大浴場に入る分には特に問題はなく……

早速、風呂に入りに行こうという流れになった。

「普通に考えたら大浴場だろうに」

大浴場に向かう道中、由弦は苦笑しながらそう言った。

手にはタオルと着替えの浴衣を持っている。

「……由弦さんは普通じゃないからなぁ、と」

一方の愛理沙は少し拗ねた口調でそう言った。

照れ隠し半分でご機嫌斜めなご様子だ。

「普通じゃないって、どういう意味だ？」

「……えっちな人だということです」

「心外だな……」

えっちな人だから、一緒に風呂に入ろうと提案してきてもおかしくない。

随分と酷い認識である。

「そういう発想に至ってしまう愛理沙の方がえっちなんじゃないか？」

「なっ！」

愛理沙は反論しようと口を開きかけたが……

しかし、すぐに黙ってしまった。

言葉を重ねるほど、無理に否定しているように聞こえると考えたからだろう。

と、歩いているうちに大浴場の入り口に到着した。

男湯、女湯と暖簾がある。

「出た後の待ち合わせ場所だが……暖簾の前、ここでいいかな？」

「そうですね。私もそれで良いと思います……では」

「また後で」

由弦は愛理沙と別れ、暖簾を潜った。

※

「ふぅ……いい湯だった」

由弦はそんなことを言いながら、暖簾を潜った。

大浴場は噂通り広く、また露天風呂もあったので、とても心地よかった。

「さて、愛理沙はまだ……」

「あっ、由弦さん」

と、ほぼ同時に愛理沙が暖簾から現れた。

由弦と同様に、浴衣を着ており、また濡れた髪で浴衣が濡れないようにするためか、肩に白いタオルを掛けていた。

普段は白い肌が、ほんのりと赤く染まっている。

何となく、いつもより肌も艶やかで、色っぽく見えた。

「似合ってる」

由弦がそう言うと、愛理沙は小さく微笑んだ。

「由弦さんも……何と言うか、着こなしているという感じがしますね」

「まあ、実家ではよく着ているし」

高瀬川家は普段着で和服を着る不思議な一族だ。

そういう意味で、由弦にとって浴衣はそれほど特別ではない服装になる。

「少し喉が渇きましたね」

「うーむ……こういう時は牛乳とかを飲むのが王道ではあるけど」

由弦は女将(おかみ)から受け取っていた案内図を開いた。

調べると……大浴場の近くに休憩室のような場所がある。

「こっちに行ってみようか」

「そうですね」

休憩室に赴くと……そこにはマッサージチェアや、足つぼマッサージ、乗馬マシンなどの健康器具が揃(そろ)っていた。

そして座れる場所があり、飲み物も売られていた。

「お、コーヒー牛乳があるじゃないか」

「私はフルーツ牛乳にします」

二人は水分補給をしたり……

「あぁ……効くな」

「気持ちいいです……」

マッサージチェアを試してみたり……

「い、いたっ！　痛いです!!」

「体調、悪すぎじゃないか？」

足つぼマッサージを試したり……

「つきゃ！　こ、これ、凄い……」

「……」（胸が揺れてる……）

乗馬マシンを試してみたり……


と、思い思いに楽しんでから、客室へと戻った。


「食事までは……あと二十分か」

「まだ時間、ありますね」

由弦と愛理沙は座布団に腰を下ろしながら、ぼんやりとした時間を過ごしていた。

特に何かをするわけではない。

ただ、だらだらとしているだけだ。

「愛理沙……」

「どうしました？」

「……眠くなってきた」

由弦はそんなことを言いながら、愛理沙に寄り掛かった。

体が温まったことで、眠気を感じたのだ。

「もうすぐ、夕食ですよ？」

「ちょっとだけ、いいじゃないか」

「……もう、仕方がないですね」

由弦は愛理沙の膝の上に、頭を乗せた。

膝枕をされる形になる。

「どうですか？」

「柔らかい」

「……えっち」

「聞いたのは君だろう」

愛理沙の太腿が柔らかく、心地よいのは本当だ。

薄い浴衣越しに、仄かな体温を感じる。

上を向くと、浴衣の上からでも隠しきれない膨らみと、こちらを覗き込む婚約者の愛らしい顔があった。

「本当に眠くなってきた」

「本当にって……嘘だったんですか？」

「まあね」

愛理沙に甘えたかった、いちゃいちゃしたかった、構って欲しかった……

というのが本音だ。

「仕方がない人ですね」

頭を撫でられる。

こんなことをされると、本当に眠くなってきてしまう。

「……夕食になったら起こしてくれ」

由弦はそう言って目を閉じた。

そして……

「……由弦さん、由弦さん！」

「うん……？」

愛理沙の声に、由弦はゆっくりと目を開けた。

少し顔を赤くした愛理沙が、こちらを覗き込みながら、体を揺すっている。

「愛理沙……おはよう」

由弦は呑気にそんな挨拶をした。

しかし……

「は、早く退いてください！」

愛理沙は挨拶を返してくれなかった。

やや強引に引っ張られながら、由弦は起き上がり、周囲を見る。

すぐ隣には、顔を赤くした婚約者。

そしてテーブルの近くには……

「あ、これはどうも……」

「お休みのところ、失礼いたします」

仲居が苦笑しながら、料理を手に持ち、立っていた。

彼女は由弦が目を覚ましたことを確認してから、テーブルの上に料理を並べていく。

そして料理の説明をして、後でデザートを持ってくることを伝えると、その場から立ち去った。

「由弦さん！」

「ど、どうした……そんな顔を赤くして」

仲居が立ち去った後、愛理沙は怒り顔で由弦に詰め寄った。

由弦は苦笑しながら、そんな彼女を手で制する。

「どうしたじゃないです！　……笑われちゃったんですよ！　仲が良いんですねって！」

「いいじゃないか、本当のことだし……それとも君は俺と仲が良いと言われるのが、嫌なのか？」

由弦はわざと悲しそうな表情でそう言った。

すると愛理沙は首を左右に振った。

「そ、そんなことはないですけど……」

「じゃあ、いいじゃないか。……冷めないうちに、料理、食べないか？」

由弦の言葉に愛理沙は少し不服そうに頷（うなず）いた。

気を取り直して、食事を始める。

夕食は刺身や天ぷら、釜めしなど和食が中心だった。

「わぁ、美味（おい）しいですね」

幸いにも美味しい料理に機嫌を直したらしい。

愛理沙は目を細めて、料理を味わっている。

「愛理沙は……天つゆ派なんだね」

「そう言う由弦さんは塩派ですか」

天ぷらには天つゆと塩、どちらが合うのか。

由弦は塩の方が美味しいと思っていて、愛理沙は天つゆの方が美味しいと思っているようだ。

「天つゆの方が甘味もあって美味しくないですか？」

「塩の方がサクッとした食感が味わえるぞ」

愛理沙は一歩も譲る気はないようだが、由弦も一歩も譲るつもりはない。

そこで由弦は……

「愛理沙、あーん」

「んっ」

塩を付けた海老天を、愛理沙の口元へと持って行った。

パクッと、愛理沙は海老天を頬張る。

「どう？」

「美味しいです」

愛理沙はそう言って微笑んだ。

「でも、天つゆの方が美味しいです」

「むむ……」

考えを変えるつもりはないらしい。

そして愛理沙は自分の海老天につゆを付けると……

「由弦さん、あーん」

由弦に差し出してきた。

噛み切ると、海老と衣、そして天つゆの味が口の中で溶け合う。

「どうですか？」

「美味い」

「でしょう？」

「でも、塩の方が美味しい」

「むっ……」

愛理沙は眉を顰めた。

そして……

「じゃあ……今度はこっち、茄子で試してみます？　茄子は絶対、天つゆだと思います」

「こっちの山菜は、絶対に塩の方が美味しい」

そんなことを言い合いながら、由弦と愛理沙は天ぷらを食べさせ合った。

※

食後。

由弦と愛理沙は食べた物が消化されるのを少し待ってから、再び客室を出た。

就寝までには少し時間があったからだ。

「由弦さん……卓球、やりません？」

「……受けて立とう」

温泉と言えば卓球。

と必ず決まっているわけではないかもしれないが、この旅館には卓球台が存在した。

「行くぞ、愛理沙」

「はい」

互いにボールを打ち合う。

最初は楽しく遊んでいた由弦だったが……

「由弦さん、調子、悪いんですか？」

途中から些細なミスで打ち負けるなど、集中力の欠如を愛理沙から指摘されてしまった。

「い、いや……久しぶりだったから」

由弦はそんな言い訳をしながら、ボールを打つ。

ボールはネットを僅かに掠り、愛理沙から見て台の奥へと落ちて……弾む。

「えい！」

愛理沙は体を乗り出し、腕を伸ばして、ボールを掬いあげようとする。

すると……

（これは指摘した方が良いのかな……？）

浴衣の袖から、愛理沙の白い肌が見えた。

他にも少し浴衣が乱れていて、僅かに胸の谷間が覗いている。

幸いにも周囲に人はいないので、これを見ることができているのは由弦だけだが……

それでも気になってしまうのが男の性だった。

「由弦さん！」

「お、おっと……」

気が付くと、すぐ側にまでボールが迫っていた。

慌ててボールを打ち返すが、見当違いの方向へと飛んでしまう。

「また私の勝ちです。……弱くなりました？」

愛理沙は誇らし気にそう言った。

こういう妙に自信あり気な愛理沙は、とても可愛らしい。

「いや、君が強いんだよ」

「えぇー、そうですか？」

由弦は愛理沙をおだてながらも、ゲームを続ける。

それから一時間ほどして……

「少し……疲れましたね」

「ここまでにしようか」

そこまで激しい運動をしていたというわけではないが、気が付くと少し汗を掻いていた。

食後の運動としては十分だろう。

「もう一度、お風呂に行きません？」

「そうするか」

二人はそのまま大浴場へと向かおうと歩きだし……

「ちょっと待ってくれ、愛理沙」

由弦は愛理沙を引き留めた。

きょとん、と愛理沙は首を傾げ、振り返った。

「どうしました？」

「いや、大したことではないけどね」

由弦はそう言いながら、愛理沙の浴衣を掴んだ。

そして簡単に形を整える。

僅かに覗いていた白い谷間や長い脚を隠す。

「無防備な姿を見せるのは、俺だけにしてくれ」

由弦はそう言って笑った。

愛理沙の顔は……僅かに赤くなっていた。

「あ、ありがとう、ございます」

もじもじしながら、由弦にお礼を言った。

※

浴場から出て、客室へ戻ってきた時にはすでに布団が敷かれていた。

就寝時間まで、二人で寛いでいると……

「マッサージチェアって、いいですよね」

愛理沙がそんなことを言い出した。

どうやら旅館にあるマッサージチェアが気に入ったらしい。

「あの、足が圧迫されるやつ、良いよな」

「私は肩から背中をぐりぐりされるのが良かったです」

そう言いながら、自分の肩を軽く叩く。

相変わらず、愛理沙は肩凝りに悩まされているようだった。

「愛理沙」

「……由弦さん？」

由弦はそっと、愛理沙の肩に手を置き……

グッと、力を入れた。

「あんっ……」

「俺の手と機械、どっちが良い？」

首の付け根、横側、背中側……

愛理沙の小さな肩に力を入れて、揉んでいく。

「ちょ、ちょっと……ゆ、由弦さん……？」

愛理沙は戸惑いの声を上げた。

由弦が力を入れるたびに、体をビクッと震わせる。

「どう？」

由弦はそっと、愛理沙の耳元で囁いた。

「ど、どうって……」

愛理沙の口から熱い吐息が漏れる。

「どっちが好き？」

「そ、それは……んっ」

愛理沙は小さく喘いでから答えた。

「由弦さんの方が……好きです」

「それは良かった」

機械に勝っていたことが分かり、由弦は少し嬉しくなった。

……別に機械に嫉妬していたわけではないが。

「他にどこか、揉んで欲しい場所とかある？」

「えっ……そ、それは……」

なぜか、愛理沙は目を泳がせた。

僅かに体が強張る。

「も、揉みたいんですか？」

「え、いや……どうしてもというわけではないが……」

マッサージを始めたのは、ふざけ半分、冗談半分だった。

愛理沙の体にどうしても触れたかったというわけではない。

もちろん、触れたくないと言えば嘘になるが。

「……」

どうしてか、愛理沙は黙ってしまった。

亜麻色の髪から覗く耳とうなじは、真っ赤に染まっている。

とりあえず、由弦は愛理沙の肩を叩き続ける。

「い、いい……ですよ」

そしてしばらくの沈黙の後、愛理沙はそう言った。

よく分からないが、何かを決心したような……そんな声だった。

「……えっと、何が？」

「さ、触りたいんですよね……？」

「……えっと」

由弦は首を傾げた。

少なくとも由弦は愛理沙に対して、特定の箇所を触りたい、マッサージしたいなどと言っていない。

どこをマッサージして欲しいか？　としか聞いていない。

「……どこをして欲しいんだ？」

由弦は愛理沙にそう尋ねた。

すると愛理沙は……

「ど、どこって……そ、そんなの、い、言わないと、いけないんですか？」

「それは、まあ、言われないと分からないし……」

はっきりしてくれないと分からない。

と、由弦は愛理沙にどこを揉んで欲しいのか答えるように促した。

「い、意地悪です……」

愛理沙はどこか恨むような声音で、そう言った。

そして……

「さ、触っても……いいですよ？　む、胸……」

そんなことを言った。

由弦の手が止まる。

「い、言っておきますけど……す、少し、ですからね？　し、仕方がなく、なんですから……」

言い訳するように、早口で愛理沙はそう言った。

由弦は困惑しながら尋ねる。

「……触って欲しいのか？」

「ち、違います！　さ、触りたいのは……ゆ、由弦さんでしょう!?」

「そんなことは一言も言っていないような気がするけど……」

触りたいか触りたくないかで言えば触りたい。

が、そんなことを口に出した記憶はない。

そもそも物事には順序がある。……さすがにそういう部分に対して意図的に触るのは早いと由弦は考えていた。

「えっ、あ、いや……」

愛理沙は顔を俯かせた。

「す、すみません。は、早とちりしました……」

「そ、そうか」

何となく気まずい空気が流れる。

「……その、愛理沙」

「は、はい」

「そろそろ、寝ようか」

「そ、そうですね！」

そのまま二人は就寝することにした。

※

（へ、変なこと、言っちゃった……）

常夜灯の中、愛理沙は後悔と恥ずかしさに襲われていた。

先ほどの早とちり、失言に関してだ。

（亜夜香さんと千春さんが、変なことを言うから……）

肩を揉んできて、どさくさに紛れて胸を触ってくるかもしれない。

そんなふざけ半分の言葉が脳裏を過ったため……由弦が自分の胸を触りたがっていると、変な勘違いをしてしまったのだ。

（ろ、露天風呂の件も……亜夜香さんと千春さんが悪いんです！）

客室に露天風呂がある。

と、そう言われた時に最初に思い浮かんだのが、「お風呂に誘ってくるかもしれない」という二人の言葉だった。

由弦は愛理沙と一緒に温泉に入りたくて、この温泉旅行に誘ったのだ……と、早とちりをしてしまった。

（こ、これじゃあ、まるで私の方がしたがってるみたいじゃないですか……）

そうでなくとも、想像力が豊かすぎると思われても仕方がない。

（次は確か……夜這い、でしたっけ？　由弦さんがそんなことをするはず……）

と、その時。

隣で布団を捲り上げる音がした。

ドキッと、愛理沙の心臓が大きく鼓動する。

由弦はゆっくりと立ち上がり、愛理沙の方へ近づいてきて……

そのまま愛理沙を跨いで、行ってしまった。

（な、なんだ……お手洗いか）

ガチャッと、トイレのドアを開閉する音、水を流す音がする。
しばらくして由弦は戻って来て……
（……え？）
愛理沙の布団の中に入り込んできた。
（ね、寝惚けてる……？）
愛理沙はゆっくりと、慎重に寝返りを打った。
すると愛理沙の顔のすぐ横に、由弦の寝顔があった。
寝ている……ように見える。
（な、何だ……てっきり、本当に夜這いかと……）
気にしないようにしようと、愛理沙は再び背を向けた。
しかし……
「愛理沙……」
ギュッと、体を摑まれた。
背後から抱きしめられ、再び愛理沙の心臓が激しく脈動する。
「ゆ、由弦……さん？」
愛理沙は小声で由弦に呼びかける。
それに対して由弦は……

「……好きだ」

そう、返してきた。

そしてさらに強く抱きしめられる。

（ね、寝惚けてる？　それとも、寝惚けてるふり……？）

気が付くと、愛理沙はまるで抱き枕のように、由弦に抱き着かれていた。

寝ているのか、狸寝入り（たぬきねいり）なのかは分からないが、かなり強い力だ。

痛くはないが、簡単には抜け出せない。

（ま、全く、由弦さんは……）

困った人だと、愛理沙は内心でため息をつく。

しかし夢の中でも求められるのは、そして由弦の体温を感じながら眠るのは……決して悪い気はしなかった。

「……おやすみなさい」

愛理沙は体の力を抜き、睡魔に身を委ねた。

第四章　婚約者と温泉旅行　後編

翌朝のこと。

由弦(ゆづる)はゆっくりと、意識を覚醒させた。

「……うん？」

ふと、自分が何か柔らかく、温かい物を抱きしめていることに気付く。

ほんのりと甘い香りがする。

目を開くと……

「……愛理沙(ありさ)？」

どうして愛理沙が自分の部屋に？　……と困惑するが、すぐに由弦は自分が旅行中であることを思い出した。

「ね、寝惚けていたみたいだな」

由弦はゆっくりと、慎重に愛理沙から離れた。

そして着崩れていた浴衣を直し、あらためて愛理沙に向き直る。

幸いにも愛理沙は心地よさそうな寝顔で眠っている。

しかし……

(な、中々、酷い状態だな……)

浴衣は乱れに乱れてしまっている。

白い清楚な下着が全く隠せていない。

(……封印しよう)

由弦は毛布を掛けて、愛理沙の半裸姿を隠した。

「……風呂にでも入るか」

せっかくだし、客室の露天風呂にも入ってみよう。

そんなことを考え、タオルを持って、風呂場に向かった。


さて、一通りの入浴を終えて、戻ってくると……

「うん……」

愛理沙がぼんやりとした表情で、目を擦っていた。

どうやらたった今、起きたところらしい。

「あ……由弦さん。おはようございます……」

「……おはよう、愛理沙」

由弦は顔を背けながら、挨拶をした。

一方の愛理沙は不思議そうに首を傾げる。

「どうかしましたか？」

「……その、浴衣が大変なことになっているぞ」

由弦の言葉に愛理沙は自分の体へと視線を下ろした。

浴衣が着崩れていた。

というよりは、半分脱げかかっていたというのが正しい。

白い上下の下着が丸見えになってしまっていた。

「あっ……え、えっと、そ、その……こ、これは！」

「あー、俺はあっち向いてるから」

由弦はそう言って愛理沙に背を向ける。

背後から布が擦れる音がした。

「お、お騒がせしました……」

「ああ、大丈夫だ」

由弦は振り返って言った。

愛理沙の顔はほんのりと赤く染まっている。

しかし浴衣は直ってはいるが、寝癖などは直っていない。

「朝食までには時間あるし……風呂にでも入ってきたらどうだ？」

「そ、そうですね。そうします……」

愛理沙は小さく頷き、露天風呂へと赴いた。


「美味しかったですね、朝食」

「ああ……少し食べ過ぎたけどね」

朝食はビュッフェ形式で、いわゆる食べ放題だった。

この手の食事形式だと、どうしても全メニューを試してみたくなってしまい……結果として食べ過ぎてしまう。

「今日はどうしましょうか？」

「せっかくだし、外出して観光をしてみようかなと思ってる。どうかな？」

「いいと思いますよ」

もちろん、旅館でゆっくりするのも悪くはないのだが……

せっかく観光に来たのだから、観光地を回らないのは勿体ない。

目的も決まり、二人は浴衣から私服へと着替える。

「そうだ、由弦さん。……行きたい場所とか、決まってますか？」

「え？　いや、適当に温泉街でお土産を見たりしようかな……程度だけど。愛理沙はあるのか？」

由弦が尋ねると、愛理沙は頷いた。

そして由弦に向かって携帯の画面を見せた。

「ここに行きたいです！」

「……ふむ、熱帯園か」

どうやら温泉の熱を利用して、熱帯地域の動植物の飼育をしているらしい。

「温泉に入るカピバラが見たいんです」

「なるほど。良いよ……行こうか」

由弦としては特に異存はない。

そういうわけで、公共交通機関やタクシーなどを利用して二人はその熱帯園へと向かった。

「わぁ……可愛いですね！」

カピバラを前にして、愛理沙は嬉しそうに笑った。

温泉に入っているだけで、愛理沙に「可愛い」と言ってもらえるとは羨ましいネズミだなと由弦は内心で思った。

「愛理沙の方が可愛いよ」

「何ですか、それ」

　愛理沙は苦笑する。

　カピバラと比べられても……と、そんな顔だ。

「温泉に入っている愛理沙は、きっともっと可愛いだろうね」

　由弦はそんなことを言った。

　可愛い……というよりは、色っぽいという方が正しいかもしれない。

「……」

「愛理沙？」

　急に黙ってしまった愛理沙に由弦は問いかける。

「由弦さんは……その」

「うん？」

「やっぱり、私と一緒に入りたかったりするんですか？　お風呂」

　愛理沙の問いに由弦は少し考えてから答えた。

「入りたいか、入りたくないかで言えば、それは当然……前者ではある」

　愛理沙と一緒に風呂に浸かり、ゆったりとした気分で過ごしたり、お湯を掛け合ったりというようなことができれば、きっと楽しいだろう。

　愛理沙の肌を見たくないのかと問われれば……当然、見たくないはずがないという答えになる。

そして少なくとも、由弦は愛理沙に体を見られても恥ずかしいという気持ちはない。

……もちろん、温泉の中ではという条件付きだが。

「そ、そうですか……？」

「でも、愛理沙の気持ち次第だからね……恥ずかしいんだろう？」

由弦は愛理沙と一緒に楽しみたいのだ。

愛理沙が楽しくなければ、何の意味もない。

「どう……ですかね？　少し分からないです」

「……分からない？」

「私も別に……由弦さんに見られるのが嫌というわけではないので……」

愛理沙はそう言って曖昧に笑った。

どうやら入りたい、入りたくないという二択で決められるような気持ちではないようだった。

「まあ、でも、そもそも……」

由弦はそっと、人差し指で愛理沙の唇に触れた。

「こっちの方が、先だよな？」

「や、やめてください……！」

愛理沙は赤らんだ顔で、由弦の手を払いのけた。

そして整った形の眉を吊り上げる。

「もう、こんなところで……！」

由弦は笑いながら謝り、愛理沙は反省の意思が見えない由弦を軽く睨んだ。

「悪い、悪い」

そんなやり取りをしながら、二人は熱帯園を周った。

爬虫類を見たり、動物に餌やりをしたり、ドクターフィッシュを体験したり……

一通りのデートを楽しんでから、二人は旅館への帰路に就く。

「せっかくだし、温泉街にも寄らないか？」

「そうですね。お土産も買って行きましょう」

途中で二人は温泉街に立ち寄った。

土産物を買うという目的もそうだが、温泉街の雰囲気を味わいたかったという理由もある。

「食べ歩きもできるんですね」

「ついでに食事もしていこうか」

温泉饅頭などの定番はもちろん、焼き鳥や焼き魚など、温泉と関係があるのか分からない物まで売られていた。

一通り土産物を購入し終えた二人は、休憩のためにカフェに立ち寄った。

もっとも、普通のカフェではない。

「足湯も気持ちいいですね」

「足だけ濡れてるというのは、少し変な気がするけどね」

足湯に浸かりながら、食事ができるのだ。

もっとも、食べ歩きで一通りの食事を済ませているため、二人ともガッツリと食事をするつもりはなかった。

「由弦さんはどれにします？」

「うーん、抹茶かな……」

「じゃあ、私ははちみつにします」

二人は抹茶味、はちみつ味のソフトクリームをそれぞれ注文した。

足湯で温まった体で、冷たいソフトクリームを食べると、特別美味しく感じられた。

「由弦さん、由弦さん」

くいくいと、愛理沙は由弦の服を引っ張る。

由弦はスプーンで自分のソフトクリームを指しながら、尋ねる。

「欲しい？」

「はい」

由弦は抹茶のソフトクリームをスプーンで掬い、ゆっくりと愛理沙の口元へと運ぶ。

パクッと、愛理沙はソフトクリームを口に入れた。

「どう？」

「美味しいです」

嬉しそうに愛理沙は微笑んだ。

そして愛理沙は自分のはちみつ味のソフトクリームを掬ってから言った。

「由弦さんも、どうですか？」

「じゃあ、貰おうかな」

由弦が口を開けると、自然な仕草で愛理沙はソフトクリームを由弦の口へと運んだ。

由弦の口の中に甘い味が広がる。

「どうですか？」

「美味しいよ」

もっとも、ソフトクリームそのものよりも、愛理沙に食べさせてもらったから美味しいという気持ちの方が強かったが。

そんな食べさせ合いをしつつ、二人はソフトクリームを完食した。

※

「ふぅ……結構、疲れたな」

客室の隅に土産物を置いてから、由弦はそんなことを呟いた。

それなりに歩き回ったので、少し疲労が溜まっている。

「でも、あとはゆっくり体を休めるだけですね」

今夜、一泊して……それから明日の朝には帰路に就く予定になっている。

だから温泉に浸かれるのも今日で最後だ。

「どうですか？　由弦さん。お風呂……行きます？」

「……行こうか！」

二人は新しい浴衣とタオルを持ち、大浴場へと向かった。

「由弦さんはまだですか……」

愛理沙は暖簾の前で、ぽつりと呟いた。

風呂に入ったのは同時だが、上がったのは愛理沙の方が先だったらしい。

（今日で最後か……）

愛理沙は内心で呟いた。

一緒に食事をしたり、デートをしたり……旅行はとても楽しかった。

楽しかったが、しかし少し物足りなさを愛理沙は感じていた。

いや、物足りないというのは正確ではない。

どちらかと言えば……まだ、何かをやり残している。

そんな感じだ。

(……まだ、してないですよね)

愛理沙は自分の唇に触れて、呟いた。

少し意識するだけでも、自分の体が熱くなるのを感じる。

旅行に来る前と、今。

関係が大きく進んでいるようには、愛理沙には感じられなかった。

よく言えば安定している。

しかし停滞しているとも言える。

(それに一緒にお風呂も……)

一緒に風呂に入る、由弦の前で裸体になるというのは、愛理沙にとってはとても恥ずかしいことだ。

しかし……冷静に考えてみると、「せっかくだし、混浴しよう」という感じで自然に入浴できるのは、今回限りだ。

　この機会を逃すと、次はいつになるか分からない。

（由弦さんの方から強引に頼んでくれればいいのに……）

　愛理沙にも由弦と一緒に入浴したい、唇で接吻をしたいという気持ちはある。

　ただ、恥ずかしいという気持ちが邪魔をしてしまう。

　だから由弦が強引に誘ってくれれば、愛理沙も踏ん切りがつく……かもしれない。

「い、いや、でも、やっぱり……」

　愛理沙が悩んでいると……

「あら、愛理沙さん」

　突然、声を掛けられた。

　声の主はこの旅館の女将だった。

「楽しんでいらっしゃいますか？」

「はい、とても」

　愛理沙は笑みを浮かべて答えた。

　温泉が心地よいこと、料理がとても美味しいことを伝える。

「それは良かったわ。……そうだ！　客室にある露天風呂の方はもう、楽しんでくれましたか？」

「ええ、今朝入りました」

「まあ、朝から！　……由弦さんと？」

「ま、まさか！」

まさか女将からそんなことを言われると思っていなかった愛理沙は、驚きの声を上げた。

大きく首を左右に振る。

「そ、そういうのは……まだ、私たちには……」

「あら、そうなの？　……仲が良さそうだと聞いたけれどねぇ」

女将は少し残念そうに言った。

そしてポンと手を打った。

「もし良かったら……湯浴み着をお貸ししましょうか？」

「湯浴み着？　そんなものが……」

温泉や銭湯では、原則としてタオルなどを身に着けてはならないとされている。

湯が汚れたりするからだ。

しかし中には様々な事情で、体を隠しながら湯に入りたい人もいる。

そういう人が、体を隠して入浴できるように湯浴み着が存在する。

「どうかしら？」

「では、その……お借りします」

せっかくの好意を断ることはできなかった。

……別に借りたからといって、絶対に入らないといけないというわけではないのだ。

借りるだけ借りておけば良い。

「では、後で運ばせておくわ。……ところで、だけど」

「はい」

「やっぱり、高瀬川家の息子さんの婚約者になるのは……いろいろと、大変だったのではないかしら？」

耳打ちするように聞かれた。

どうやら女将は「仁義なき女同士の戦い」のようなものがあったのではないかと想像しているらしい。

「そうですね。……まあ、紆余曲折はありました」

愛理沙は苦笑いを浮かべて、そう誤魔化した。

紆余曲折があったのは本当だ。……女将が期待しているようなものとは限らないが。

「やっぱり⁉」

「ええ……今も、油断してはいられないと思っています」

これについては本心だった。

由弦には自分を好きでいてもらいたいし、そしてもっと好きになって欲しいと思っている。

誰にも渡したくないという気持ちもある。

「そうよねぇ……これからも、大変よね」

女将はうんうんと頷く。

もっとも女将が考えているような女同士の争いがあるかと言われると、微妙なところではあるが。

「愛理沙さんと由弦さんは、幼馴染みなのかしら？」

「え？　いえ……そういうわけではありません。高校は同じですが」

「あら、そうだったの。……いえ、昔、由弦さんと幼馴染みのご家族がここに泊まったことがありまして……」

「幼馴染み、ですか。それは……橘さん、佐竹さん、上西さん、ですか？」

愛理沙は自分が知る限りの由弦の〝幼馴染み〟の苗字を上げた。

彼らが幼い頃、由弦とこの旅館に泊まりに来たというのは不思議なことではない。

「ええ、そうです。……もしかして、お知り合い？」

「同級生ですから」

「へぇー、それはまた……」

女将はなるほどと、大きく頷いた。

「では……上西さんと、取り合いになった……みたいな感じかしら？」

「……え？　どうしてですか？」

「いえ、昔……十年以上前、上西のお嬢さんは、由弦さんの婚約者候補だと、高瀬川さんと上西さんから……」

「……へぇ」

初耳だった。

愛理沙の心臓がドクドクと、激しく鼓動する。

どういうわけか、どうしようもない不安に襲われた。

「女将さん！　お客様がお見えになっていますよ!!」

「あら……もうそんな時間！　……では、愛理沙さん。もうしばらく、お楽しみください」

女将はそう言って立ち去っていき……愛理沙は一人、残される。

呆然とする愛理沙。

そこに……

「愛理沙、今、上がった。……愛理沙？」

「え、あ！　由弦さん!!　上がられたんですね！」

「ああ、遅くなってすまない」

「いえ、私も今、上がったばかりですから。……そろそろ夕食です。戻りましょう」

愛理沙は由弦と共に、客室へと向かう。

その途中……

「……よしっ！」

小さな声で気合いを入れるように、何かを決意するように、呟いた。

※

「わぁ……可愛いですね！」

「そ、そうだね……」

由弦と愛理沙はテレビを見ていた。

画面には〝動物の赤ちゃん特集〟という感じの番組が映っている。

そこまでは、問題ない。

問題は……由弦の膝の上にある。

（……どうしてこうなった？）

由弦の膝の上に、愛理沙が座っていた。

就寝までの暇潰しにと、テレビをつけた由弦の膝の上に愛理沙が座ってきたのだ。

もっとも、膝の上というよりは……厳密には由弦の足の間に愛理沙がすっぽりと埋まっているというのが正しい。

（まあ、可愛いからいいけど……）

由弦は自分の視線より少し下にある愛理沙の頭を、優しく撫でる。

すると愛理沙は心地よさそうな声を上げた。

テレビに映っている犬猫と同じような反応だ。

（どうしたんだろうか？　急に……）

大浴場から戻ってから、愛理沙はずっとこんな調子だった。

どういうわけか、由弦に対して積極的にスキンシップを仕掛けてくる。

それも少しわざとらしく。

「……終わってしまいましたね」

由弦が疑問を抱いていると、丁度、画面に映っていたテレビ番組が終わった。

愛理沙は少し残念そうに、しかし何故か緊張を含んだ声でそう言った。

「そろそろ寝ようか。……愛理沙」

「はい」

「その、退いてくれないか？」

由弦がそう言うと、愛理沙は小さく頷いた。

ゆっくりと、膝の上から退く。

そして……

「由弦さん！」

急に由弦の手を両手で握りしめてきた。

これにはさすがの由弦も驚く。

「ど、どうした⁉」

「そ、その……」

少しだけ歯切れが悪い。

頬（ほお）は仄（ほの）かに赤らんでいた。

「寝る前に……一つ、いいですか？　お願いがあります」

「構わないが……何だ？」

由弦が尋ねると、愛理沙は僅かに迷いを見せてから……じっと、由弦の目を見つめながら言った。

「れ、練習……しませんか？」

「練習？」

「き、キスの……練習です」

キスの練習。

ここのところ、しばらくしていなかった。

由弦がしようと言い出さなかったからだ。

そこに深い理由はない。別に急ぐ必要はないと考えていたからだ。

今の愛理沙との関係に、一定の満足を得たからとも言える。

「と、突然だね……」

「だ、ダメでしょうか？」

不安そうに愛理沙は尋ねる。

「……いいよ」

由弦は頷いた。

そして由弦はそっと愛理沙の手を取った。

婚約指輪が光るその手の甲に、そっと唇を押し当てる。

「んっ……」

愛理沙は小さな声を上げた。

そして、ぐったりと脱力し、由弦に体を預ける。

由弦はそんな愛理沙のきめ細かい髪をそっと手で撫でる。

一方、愛理沙は熱の籠もった視線を由弦に向けた。

「愛理沙……」

由弦は彼女の名前を呼びながら、そっと髪にキスを落とした。

それから次に額に唇を近づける。

「あっ……顔は……」

弱々しい声を上げる。

しかしそんな彼女を無視し、由弦はその額に接吻した。

「どう？」

「……大丈夫そうです」

熱い吐息を漏らし、頬を紅潮させ、潤んだ瞳を由弦に向けながら愛理沙はそう言った。

それから二人は互いに体を正面に向き直る。

そしてギュッと、熱い抱擁を交わした。

互いに顔を見つめ合う。

由弦がそっと顔を近づけると、愛理沙は瞳を閉じる。

愛理沙の柔らかい、薔薇色に染まった頬に由弦の唇が触れる。

「私も……いいですか？」

「……あぁ」

由弦がそう答えると、愛理沙は目をギュッと閉じ、体を震わせながら、ゆっくりと唇を由弦へと近づけた。

愛理沙の艶(つや)やかな唇が、由弦の頰に触れる。

「できました……」

「できたね」

嬉(うれ)しそうに微笑む愛理沙の髪を、由弦はそっと撫でる。

心地よさそうに愛理沙は目を細めた。

「愛理沙」

「はい」

「もう少し……いいかな？」

由弦がそう尋ねると、愛理沙は赤らんだ顔で小さく頷く。

「はい……ご自由に」

由弦はそんな愛理沙を再び抱きしめる。

愛理沙の肢体はとても柔らかく、そして熱かった。

そして……

「んぁ……」

その白い首筋に唇を押し当てた。

愛理沙が体を震わせたのが、はっきりと分かった。

「ここはいい？」

「んっ……はい……」

こくりと、愛理沙は首を縦に振った。

次に由弦はそっと、愛理沙の耳元に口を近づけた。

そしてそっと、息を吹きかける。

「あ、ちょ、そこは……」

続けて耳に接吻すると、愛理沙は体をビクリと震わせた。

「……だ、ダメです」

弱々しい声で愛理沙はそう言った。

しかし由弦には彼女が本当に嫌がっているようには感じられなかった。

「愛理沙。愛してる」

由弦は愛理沙の耳元で囁(ささや)いた。

言葉と共に吐き出された息が、愛理沙の耳と髪を僅かに擽(くすぐ)った。

「そ、そんなこと言っても……ダメなんですからね」

一方、愛理沙は頬をプクッと膨らませ、拗(す)ねるように言った。

そして……

「お返しです」

耳元でそう囁いてから、由弦の耳へと接吻する。

それから由弦の首元に唇を押し当てる。

「……愛理沙」

「由弦さん……」

お互いに顔を見合わせ、頬や額に接吻の交換をした。

回数を重ねるほどに二人の体は熱く溶けていく。

「由弦さん……その」

「どうした？」

「唇は……どうですか？」

愛理沙はそう言って由弦を見上げた。

自然と由弦の視線が、愛理沙の艶やかな唇に吸い寄せられる。

リップクリームが塗られた唇は、しっとりとして、とても柔らかそうだ。

「……いいのか？」

「由弦さんが……したいのであれば」

そう言って愛理沙はじっと、由弦を見つめる。

僅かに体が震えているのが分かった。

「……別に無理をしなくていい」

由弦はそう言って愛理沙の髪を優しく撫でた。

そして頰に接吻する。

「あぅ……」

愛理沙の体から力が抜ける。

緊張していたようだ。

「今日は頰のキスができた。大きな進歩だ」

「……はい」

「また機会はある。焦らずやろう」

由弦はそう言いながら、愛理沙を抱きしめた。

愛理沙は由弦の胸の中で、どこか安心したような、しかし残念そうな表情を浮かべた。

「じゃあ、寝ようか」

由弦はそう言ってリモコンを操作し、灯り(あか)を消した。

もっとも、愛理沙は暗闇が苦手なので、全ての灯りを消すわけではない。

常夜灯はつけたままにする。

「待ってください、由弦さん」

「……どうした？」

「わ、私……暗いのを克服しようと、思うんです」

「……へぇ」

唐突に愛理沙が意外なことを言い出した。

「それはどうして？」

「え？　それは、えっと……」

愛理沙は口を濁した。

そしてしばらくの沈黙の後、答える。

「由弦さんは、暗い方が眠れるんですよね？」

「いや、まあ、それはそうだけど……」

「私のために合わせてもらうのは申し訳ないので、克服しようかなと」

由弦は暗闇の方が安眠できるし、睡眠の質も高い。

今回のように数日だけ常夜灯で眠るくらいならば耐えられるが……いつかは由弦と愛理沙は結婚し、毎日のように同じ部屋で眠るのだ。

将来的なことを考えると愛理沙には暗闇を克服してもらった方が、由弦の健康には良いだろう。

しかし……

愛理沙の言い分におかしなところはない。

（何と言うか、今、考えましたという感じがするな……）

由弦は僅かに違和感を覚えていた。

とはいえ、疑っても仕方がない。

「じゃあ、消すけど……」

「ま、待ってください！」

由弦が灯りを消そうとすると、愛理沙は慌てた様子でそれを引き留めた。

「……やっぱりやめる？」

「いえ、そうではなくてですね……続きがあるんです」

「ふむ」

「暗闇を克服したいのですが、その、怖い物は怖いんです。だから……添い寝、していただけませんか？」

まさかの提案に由弦は少し驚く。

とはいえ、ただの添い寝であれば以前、一度したことがある。

「分かった、いいよ」

「ありがとうございます！」

すると愛理沙は嬉しそうに由弦の布団の中に潜り込んできた。

……少し距離が近い。

「……消すよ？」

「はい！」

由弦は灯りを消す。

途端に周囲を暗闇が包む。

すると、ギュッと愛理沙は由弦を抱きしめてきた。

「あ、愛理沙……？」

「……何ですか？」

「いや、その……くっつき過ぎじゃないか？」

まるでコアラが木に抱き着くように、愛理沙は由弦の体に絡みついていた。

両腕で由弦の片腕をガッシリとホールドし、両足を由弦の足に絡めている。

「だって、怖いじゃないですか」

「……そんなに怖いなら、常夜灯にするか？」

「それはダメです！」

愛理沙は由弦の提案を強い口調で拒絶した。

それから少し不安そうに尋ねる。

「……鬱陶しいですか？」

「いや、そういうわけではないが……」

これが七月、八月であればさすがに「暑苦しい」と感じるかもしれないが……今は五月だ。

愛理沙に抱き着かれた程度で暑いというわけでもないし、苦しくもない。

しかし……

「その、いろいろと当たっているというか……」

「……何がですか？」

「いや……胸とか……」

丁度、愛理沙の胸の谷間に由弦の腕が収まる形になっていた。

足同士も絡み合ってしまっているので、愛理沙の生足と直に触れ合っている。

「……当たっていたら、ダメなんですか？」

「……え？」

「私たち、婚約者同士ですよね？　婚約者同士なら……良くないですか？」

「そ、それは……」

「それとも……嫌、ですか？」

悲しそうに愛理沙はそう言った。

そう言われると由弦としてはダメとは言えない。

「嫌じゃないよ」

「じゃあ……いいですか？」

「……いいよ」

由弦がそう答えると、愛理沙は増々体を由弦に密着させてくる。

はだけた浴衣の隙間から、時折肌と肌が触れ合う。

（ま、不味い……）

由弦の本心としては、こうして愛理沙に懐かれるのは悪い気はしない。

好きな女の子に抱きしめられ、添い寝され、甘えられて、嫌な男はいないだろう。いたとしたらそいつはその女の子のことがそれほど好きではないということになる。

問題なのは、ある意味で嬉し過ぎてしまうということだ。

由弦も男なので、性欲がある。

こういう接触はどうしても、そういう欲求を呼び起こしてしまう。

そうなると体が反応する。

それを愛理沙に気付かれてしまうのはあまり良くない。

（怖がられたくないんだよな……）

男なんだから当然だろ！　と開き直れるほど、由弦の精神は強くない。

怖がられたら、不潔だと思われたら、嫌われたら……と考えてしまう。

「由弦さん、いい匂いがします……」

そんな由弦の気持ちを知ってか知らずか、愛理沙はそんなことを言い出した。

愛理沙の吐息が由弦の首筋を撫でる。

「そ、そうかな。まあ、汗臭くないならいいけど……」

「私は、どうですか？」

「え？」

「私はどんな匂いがしますか？……嗅いでみてください」

嫌とは言えなかった。

由弦はそっと愛理沙の髪に鼻を近づけ、その香りを嗅ぐ。

「どうですか？」

「……石鹸の匂い、かな？」

「それはいい匂いですか？」

「うん、いい匂いだよ」

「嬉しいです」

今日の愛理沙は妙に積極的だった。

否、今日というのは正しくない。

厳密には大浴場から出た後の愛理沙、とするのが正しいだろう。

（何か、いいことでもあったのか？）

それともその逆か。

由弦は首を傾げる。

「そう言えば、由弦さん」

「うん？」

「昨日の夜……私を抱きしめてきましたよね」

ドキッと由弦の心臓が跳ねる。

もちろん、由弦自身は愛理沙を抱きしめたことは覚えていない。

しかし翌朝、愛理沙を抱きしめて寝ていたことは事実だ。

「いや……枕が違うと、寝づらくて」

「……本当ですか？　実は起きてたんじゃないですか？」

「……まさか」

寝ている愛理沙を抱きしめるなどするわけない……とまでは言えない。

ちょっとした悪戯なら、過去に何度もしたことがある。

「しても、いいですよ？」

「えっと……何を？」

「抱きしめても……由弦さんが、私を抱きしめたいなら、抱きしめてもいいですよ」

そう言って愛理沙は自分の体を由弦の体に擦り付けた。

由弦は自分の腕を包む双丘が動くのを感じた。

「それは嬉しい申し出だ」

そう言いつつも、由弦は愛理沙を抱きしめることをしなかった。

すると愛理沙は由弦に問いかける。

「……抱きしめなくて良いんですか？」

「今日は……良いかなって」

抱きしめたいか抱きしめたくないか、と言われれば抱きしめたい。

だが抱きしめれば、由弦の反応しているものが、愛理沙に触れてしまう。

もちろん、互いに服は着ているので直接触れ合うことはないが……しかし感触で何となく分かるだろう。

愛理沙にそれを知られたくなかった。

「……そうですか」

愛理沙は少し残念そうに、落ち込んだ声音でそう言った。

「愛理沙」

「はい」

「……そろそろ寝よう」

「分かりました……」

由弦の提案に、しぶしぶという声音で愛理沙は答えた。

二人は互いに目を瞑(つぶ)る。

相手の体温と、自分の心臓の鼓動だけを感じる中……

二人は眠れぬ夜を過ごした。

※

翌朝。

由弦は目を覚ました。

隣を見ると……

「う、うーむ……」

昨日の朝と同じ、もしくはそれ以上の惨状の愛理沙がいた。

何となく、由弦の脳裏に『事後』という二文字が浮かぶ。

もちろん、そんなことはしていないが。

「風呂に入るか……」

由弦は客室の露天風呂に入ることにした。

昨日の朝もこの露天風呂は利用したので、特に新鮮さはない。

「……ふぅ」

露天風呂に浸かりながら、由弦は深いため息をついた。

由弦はこの旅館に一定の満足感を覚えていた。

愛理沙と二泊三日の時を過ごすのは楽しかったし、距離感も以前より……より恋人同士という関係に近づいたと感じている。

(しかし昨日はどうしたんだろうか?)

とはいえ、昨晩の愛理沙の急な〝デレ〟について、由弦は少しだけ違和感を覚えていた。

愛理沙らしくない……とまでは言わない。

愛理沙は唐突に大胆になることがあるのだ。

しかしそういう時には何かしらの事情や背景がある。例えば……高熱を出した時、とか。

「……気のせいだろうか?」

もっとも、そういう気分だったと言われれば由弦も納得するしかない。

誰にだって人に甘えたくなったり、構ってもらいたくなったり……逆にそういう気分になれないこともある。

単なる心持ちの浮き沈みと言ってしまえばそれまでだ。

ガラッ。

その時、扉が開く音がした。

音がした方を見ると……

「え、えへへ……」

「あ、愛理沙⁉」

照れ笑いを浮かべた愛理沙が立っていた。

白いタオルのようなものを身に纏っているが……それ以外は何も身に着けていない。

白い鎖骨と肩、長い脚が湯けむりの中で霞んで見えている。

「あ、いや……え、えっと……」

由弦は混乱した。

そして気が動転したのもあり、立ち上がってしまった。

「っきゃ！」

愛理沙は悲鳴を上げた。

両手で顔を隠す。

由弦は慌てて見えてはいけない部分を両手で隠し、それからお湯に浸かり直した。

「すまない。えっと……その、俺はもう、十分に浸かったから、出るよ。……できれば、向こう側を向いていてくれないか？」

　由弦が入っていることに気付かず、入ってしまったのだろう。

　そう判断した由弦はなるべく愛理沙の方を見ないようにしながら言った。

　一方、愛理沙は両手で顔を隠しながら——指の隙間からこちらを窺いながら——答えた。

「い、いえ……それには及びません」

「いや、及びませんと言われても……」

「わ、私の都合で由弦さんにご迷惑をお掛けするわけにもいかないので！」

　言葉の内容に反して、妙に強気な声で愛理沙はそう言った。

　どうにも、由弦を強引にやり込めようとしているように感じられた。

「し、しかし……いや、その……」

「あ、安心してください！　こ、これは湯浴み着で……お湯につけても大丈夫なやつです！　りょ、旅館の方に借りました！」

　愛理沙は湯浴み着の胸元を引っ張りながら言った。

　見えてはいけない部分が見えそうになり、由弦は慌てて目を逸らす。

「な、なるほど……し、しかし、俺はそういうのは持ってないというか……」

　随分と愛理沙は準備してきたらしい。

　しかし由弦はそんな準備はしていない。……もちろん、心の準備も。

さすがに愛理沙に大切な部分を見せつけようと思うほど、見られても恥ずかしくないと思えるほど、その辺りの心構えができているとは言えない。

しかも今は早朝。

昼間よりも反応しやすくなっていることもあり、愛理沙の前で平常状態でいられる自信はなかった。

「ゆ、由弦さんのもあります！」

そう言って愛理沙は白いタオルのようなものを手に持って見せた。

よく見るとボタンのようなものがついている。

どうやら小学生がプールの授業で使うような、ラップタオルと似たような構造をしているらしい。

男性用ということで下半身を隠す程度の大きさしかないが、しかし見えてはいけない部分を隠すには十分だ。

「ど、どうですか！」

「どうですかと言われても……」

顔を真っ赤にした愛理沙に聞かれ、由弦は言い淀んだ。

正直なところ、突然過ぎて心の準備ができているとは言えない。

だが、「いや、無理です」と答えられる雰囲気ではなかった。

「わ、分かった……」

由弦は頷（うなず）くしかなかった。

「……」

「……」（ど、どうしようか……）

愛理沙が湯舟に浸かってから、しばらく……

由弦は愛理沙に背を向けていた。

理由は二つ。

一つは見てはいけない気がしていたからだ。

……水着の方が露出度が高いのに、湯浴み着の方が〝見てはいけない〟感があるのは不思議な話だ。

服装や露出度よりは、環境の問題であろう。

もう一つは由弦の男性としての部分が、反応していたからだ。

湯浴み着で隠れてはいるが、愛理沙の方へと向けるにはいろいろと抵抗があった。

「由弦さん……こっちを、見てくれませんか？」

「いや、しかし……」

「……由弦さん」

由弦の背中に柔らかい物が触れた。

愛理沙が後ろから抱き着いたのだ。

それに気が付いた時、由弦は頭に電流のような何かが流れるのを感じた。

「あ、愛理沙……その、離れてくれ」

「じゃあ、こっちを見てください」

そして愛理沙は少し悲しそうな声音で言った。

「……寂しいです」

婚約者にここまで言われれば、由弦も観念するしかない。

由弦の言葉に愛理沙はゆっくりと離れた。

「分かった」

それから由弦もゆっくりと、愛理沙の方を向いた。

「由弦さん……どうですか？」

「……綺麗(きれい)だ」

由弦は素直な感想を口にした。

温泉の熱によってほんのりと赤く上気した肌はとても美しく、艶(あで)やかだった。

「そう、ですか……」

愛理沙は僅かに頬(ほお)を緩めた。

「……嬉しいです」

そして目を細める。

短い言葉だが、由弦の賛辞が伝わったようだった。

「あのさ、愛理沙」

「はい」

「……昨日から、どうしたんだ？」

湯浴み着があるとはいえ、あれだけ恥ずかしがっていた混浴を自分から……それも強引に提案してきたのだ。

何かある、何かがあったと考えた方が良いだろう。

「えっと……」

「悩み事、相談事、不満、文句……何でもいい。何かあるなら……教えて欲しい」

由弦は真っ直ぐ、愛理沙の翡翠色の瞳を見つめながら問いかけた。

愛理沙は僅かに瞳を揺らし……

「……その、一つだけ、お聞きしたいことがありまして」

「うん」

「……千春さんが由弦さんの、元婚約者だったって、本当ですか？」

千春が由弦の元婚約者？

由弦はどういうことだろうと、首を傾げる。

少なくとも由弦と千春は恋仲ではないし、婚約をしたこともない。

「誰からそれを？」

「女将さんが……婚約者候補と、紹介されたと……」

「あぁー」

一つだけ、心当たりがあった。

なるほどと、由弦は頷く。

「大昔、俺が小学校に上がるか上がらないかくらいの時期に、そういう話が持ち上がったというのは聞いたことがある」

「では……本当なんですか？」

「本当というか……親同士が適当に言ってただけで、婚約まで話は行ってないよ」

「そうなんですか……？」

そう尋ねる愛理沙は少し不安そうだった。

ここは不安を解くためにも、一から全部話した方が良いだろうと由弦は判断する。

「高瀬川と上西は仲が悪いというのは、知っているな？」

「ええ、まあ」

「だから、両家の息子と娘をくっつければ、関係も良くなるだろうと……俺の父親と、千春の母親は、考えた。……考えただけだけどね」

そう、考えただけだ。

かなり序盤の段階で、その計画は自然消滅したのだ。

「……どうして婚約まで行かなかったんですか？」

「まあ、第一に両家の仲が悪すぎたのが原因かな。……父さん世代はともかく、爺さん世代は嫌がったらしい」

ワシは上西の血を引いた曽孫なんぞ、見たくない。

と、眉を顰めて言ったとか、言わなかったとか……

とにかく、祖父母世代からの反発がかなり強かったのだ。

「第二に……こっちが主な理由だが、元々千春は、というか千春の母親は上西の後継者ではなかったんだ。だけど、いろいろごたごたがあって、後継者に繰り上がりして……結果的に千春が上西の次期後継者になったから……さすがに、ね？」

由弦も千春もそれぞれの一族の次期後継者だ。

結婚するなら、どちらかが降りなければいけない。

由弦の父親も、千春の母親も、互いの子供を後継者の座から降ろすつもりは欠片もなかった。

「それに……その、何というか。その程度で婚約者候補というならば、それこそ何人も……十人以上はいるだろう。だから……今も昔も、千春が特別にどうということはない」

由弦はそう言い切ってから……

付け加えるように続けて言った。

「その中で……俺の父が、祖父が……そして何よりも俺が選んだのが、君だ。君以上の婚約者はこの世にいない。だから……安心してくれ」

千春を含め、その他の女性に由弦を取られるのではないか……

そんな不安を抱えているのではないかと考えた由弦は、愛理沙に対して優しくそう言った。

「そう……ですか。なるほど……」

愛理沙はどこか納得したような、少し安心したような様子で呟いた。

「……大丈夫です。私も……由弦さんと千春さんが、今更どうこうなると思っていたわけではありません。ただ……」

「……ただ？」

「由弦さんに嫌われたくないなと、そう、思っていました。婚約者でい続けたいなと……」

「俺は君のことを嫌いになったりしない」

由弦は断言するように、はっきりとそう言った。

しかし愛理沙は左右に首を振った。

「いえ、その……何と言うか、由弦さんのことを疑っているわけではないです」

「では、何が……」

「……その、私が、意気地なしだから」

愛理沙は小さな声で、自虐するように言った。

「……意気地なし？」

「キスも……まともにできないじゃないですか。恥ずかしがってばかりで……」

気落ちしたように愛理沙は言った。

自分自身を責めているようにも感じられた。

「だから、由弦さんがイライラしないかと……不安で、心配でした」

「そう、か……」

由弦がイライラしていないかという不安と心配。

由弦に嫌われたくないという気持ち。

そんな愛理沙の気持ちには……由弦にも強く共感できるものがあった。

「意気地なしだったのは、俺の方だ」

由弦は吐き捨てるように言った。

すると愛理沙は驚いた様子で顔を上げる。

「……由弦さん？」

「すまない。ずっと、優柔不断だっただろう？」

由弦は優柔不断で、意気地なしだった。

しかもそのことに気が付いていなかった。

自分自身で自覚して、改善しようとしていた愛理沙とは大違いだ。

「そ、そんな！　違います……由弦さんは優しくて、私のことを気遣ってくれて……」

「違う」

愛理沙の擁護を、由弦は否定した。

思いやり。気遣い。

確かに由弦はそれを理由にして、愛理沙とのスキンシップを踏み止まることがあった。

愛理沙が少しでも躊躇（ちゅうちょ）してしまうなら、恥ずかしいと思うなら、するべきではないと。

……それはただの言い訳だ。

「君に嫌われるのが怖かった」

全てはそれが理由だった。

愛理沙に嫌われたくない。

そう思うあまり、臆病になり、自分の意思を、欲求をきちんと愛理沙に伝えていなかった。

曖昧な答えで濁していた。

それればかりか、「愛理沙を気遣って……」などというような言い訳を重ねて、責任を愛理沙に転嫁していた。

「はっきり言うぞ、愛理沙」

由弦はそう言って、愛理沙の白い肩を摑んだ。

「は、はい」

ビクッと、愛理沙の体が震えた。

「俺は君のことが好きだ」

「ぞ、存じてます」

「だから、キスしたいと思っている。いつかしたいとかじゃない。できればしたいとかじゃない。今すぐしたいと思っている。本当はしたくてしたくて仕方がない」

「そ、そう、だったんですか……それは、そう、ですよね」

恥ずかしそうに、困ったように……

愛理沙は肌を薔薇色に染めながら、視線を逸らした。

こういう表情をされると、由弦はどうしても一歩引きたくなる。

だが同時に……強引に迫りたくもなる。

「混浴もしたいと思っていた。君が入ってくれた時は驚いたが、嬉しいと思ったのも正直な気持ちだ。それと今はこの湯浴み着も邪魔だと思っている」

「えっ、あ、いや、これはさすがに……」

愛理沙はそう言って恥ずかしそうに体を抱いた。

彼女は自覚しているのだろうか？

そういう何気ない仕草が、男を惑わすのだ。

「というか、そ、その、由弦さん。ち、近いです……そ、それに、その……あ、当たってますし……」

「こ、これは……」

愛理沙にそんな指摘を受け、由弦は僅かにたじろいだ。

だが、首を左右に振って迷いを打ち消す。

「これは……その、君を前にすると、自然にそうなるものだ。抗えるものじゃない」

「そ、そうなんですか？」

「そうだ。君が魅力的だからだ。だから、その……」

何と言うのが適切か、言葉を選ぶ。

「……許して欲しい」

「は、はい……だ、大丈夫です。その点については私も理解している……つもりです。あ、安心してください」

「……そうか」

「は、はい。それに……」

「それに？」

「わ、私も……う、嬉しく思わないことも、ないです」

愛理沙は顔を背けながら言った。

それからハッとした顔で、言い訳するように早口で話し始める。

「え、えっとですね……そ、そもそも、私の肌を見て、何とも感じないというのは……私も傷つきます！　魅力はないより、あった方がいいです！」

愛理沙は何度も頷きながら、そう言った。

由弦としては少しだけ、安心する気持ちになる。

……もっとも、愛理沙から理解を得たからといって、見せびらかすつもりは全くないのだが。

由弦にも恥ずかしい気持ちはある。

「そ、それで……愛理沙」

「は、はい」

「……今、キスしたいんだけど、いいかな？」

「い、今ですか⁉」

「あ、あぁ……したい。させて欲しい」

由弦は愛理沙の翡翠色の瞳をじっと見つめる。

そして視線を泳がせる愛理沙に対して、できるだけ落ち着いた口調で言った。

「君を傷つけたくないという気持ちは本当だ。けれど、したいという気持ちも本当だ。だから……」

欲求のままに行動しようとする体を、理性で封じ込める。

欲求と理性の妥協点を探りつつ、言葉を選び、それを言語化する。

「愛理沙が頑張れるなら、頑張って欲しい。……俺のために」

結局のところ、恋人でいたい、婚約者でいたい、結婚したい、結ばれたい、重なりたいという気持ちは、全て由弦の欲求で、自分本位の気持ちだ。

だからこそ、自分のために頑張って欲しいと……頼むしかない。

「そう、ですか。……由弦さんのために」

愛理沙はじっと、由弦の目を見つめてきた。

翡翠色の瞳の中に、由弦の顔が映り込む。

「私からも良いでしょうか？」

「ああ」

「私は根性なしなので……その、一思いにしてくれた方が、その、恥ずかしくないかな……と。だから、その……由弦さんの方から、お願いします。……私の我が儘です」

「分かった」

俺のために。

私の我が儘。

二人の気持ちは重なった。

「愛理沙……」

「……由弦さん」

由弦はあらためて愛理沙の肩を摑み、愛理沙の顔を覗き込む。

そして艶やかなピンク色の唇へ、ゆっくりと自分の唇を近づけていく。

愛理沙はギュッと目を瞑り、同時に体が僅かに強張る。

緊張か、恥ずかしさか、恐怖か……震えているのが分かった。

やめた方が良いだろうか……そんな迷いが一瞬だけ首をもたげてくるが、由弦は強引にそれを振り切った。

そして愛理沙も……抵抗の仕草を見せなかった。

「んっ……」

「……あっ」

唇と唇が触れ合った。

時間にして一秒ほど。

瞬(まばた)きほどの時間だが、二人には気が遠くなるほどの時が過ぎた。


ゆっくりと、唇と唇が離れる。


「……はぁ」

「ふぅ……」

そして呼吸することを思い出し、荒く息を吐く。

互いの呼吸が整ったタイミングで、二人は言った。

「できたね」

「できました」

確かめ合うようにそう言った。

それから二人はじっと見つめ合う。

「……次は私から、いいですか？」

「できる？」

「やります」

愛理沙の言葉に由弦は目を瞑った。

暗闇の中、愛理沙が迫ってきていることを由弦は感じた。

そして……唇に柔らかい物が触れる。

「できたね」

「できました」

二人は笑いあった。

今日、この日、この時。

由弦と愛理沙は恋人として、婚約者として、重要な一歩を踏み出した。

epilogue　エピローグ

帰りの新幹線にて。

「楽しかったですね」

「そうだね」

由弦と愛理沙は思い出を振り返りながら、しみじみと語った。

二泊三日という短い間ではあったが、二人にとっては有意義な旅行になった。

「しかし愛理沙、君は何と言うか……急に大胆になるね？」

由弦は苦笑いを浮かべながらそう言った。

普段はしおらしくしているのに、急に積極的になることがある。

気持ちや気分の上下の落差が大きいタイプ……という感じだろうか？

もっとも、そういう時には嬉しいことがあったり、不安なことがあったりと、何かしらの理由があってのことだが。

「ゆ、由弦さんも同じことを言うんですね……」

「……誰かに似たようなことを言われたのか？」

「え？　い、いや……どうだったか、忘れてしまいました」

愛理沙はそう言いながら露骨に目を逸らした。

誤魔化し方が下手過ぎて、由弦は苦笑してしまう。

もっとも、愛理沙にとっては誤魔化さなければならない理由があった。

……亜夜香と千春に同様の指摘を受けたことを話せば、プールの時に由弦を誘惑したことも話さなければならなくなるからだ。

「まあ、いいけどね」

「……言っておきますけど、私がそうなるのは、由弦さんの前だけですからね！」

愛理沙は頬を膨らませて、そう主張した。

普段から落ち込んだり、喜んだりと、忙しくしているわけではないと主張する。

もちろん、由弦もそれは承知している。

確かに以前より笑顔が増えたが、人前では「クールな雪城愛理沙」は健在だ。

愛理沙が可愛い振る舞いをしてくれるのは、あくまで由弦の前だけだ。

それだけ由弦に気を許してくれているということだ。

「ふむ……俺の前だとおかしくなってしまうというのは、どういう感じなんだ？」

いじわる半分で由弦はそう尋ねてみた。

すると愛理沙は顎に手を当て、真面目な表情で考える。

「え？　まあ、そうですね……由弦さんの前だと、つい一喜一憂してしまうみたいな、そんな感じです」

そう言ってから愛理沙は小さく縮こまった。

自分で言ってから、少し恥ずかしいことだと思ったのだろう。

「そう言ってもらえると嬉しいよ、愛理沙」

「……分かったなら、結構です」

フイッと、愛理沙は由弦からそっぽを向いた。

少し拗ねてしまったようだ。

もっとも、演技であることが分かっている由弦は特に気にせず、話を続ける。

「そう言えば、愛理沙としてはキスよりも混浴の方が恥ずかしくないのか？」

接吻はできない。

しかし混浴や添い寝の方は自分から誘うことができる。

つまり愛理沙にとっては接吻の方がハードルが高いのだ。

もっとも、これは人それぞれの貞操観念に左右されることではあるが。

「それはまあ……湯浴み着がありましたし。水着を着てプールに入るのが普通な以上、湯浴み着を着て、恋人と混浴するのは……普通です」

「それもそうか」

あくまで混浴、風呂という単語が感覚を惑わしているだけだ。

ちょっと温かいプールだと思えば、抵抗感は薄いと言われれば、その通りだ。

「じゃあ……湯浴み着がなかったら、キスよりもハードルは高い？」

「それは……ぜ、全裸ということですよね？　当たり前です！」

「ということは、次の目標は湯浴み着なしの混浴か」

由弦は何気なくそう言った。

すると愛理沙の表情が固まる。

「え……えっと、次の目標って、何ですか？」

「唇同士のキスはできただろう？　となると、次に何を目標にしていこうかなと」

「べ、別に無理に目標を立てる必要はないんじゃないですか？」

「それはそうだけど……」

由弦は少し考えてから、正直な気持ちを言うことにした。

「……一緒に入浴、してみたいんだよね」

「そ、そうですか」

「愛理沙は……やっぱり、嫌か？」

「いや、その……嫌というと、語弊がありますが……」

愛理沙は僅かに言葉を濁す。

由弦を傷つけない言葉を探しているのかもしれない。

「さすがに裸を見せるのは、恥ずかし過ぎるか……」

「……それもありますけど」

「別の理由が……？」

由弦の問いに愛理沙は小さく頷く。

「その、だって……由弦さんも、裸になられるんですよね？」

「それはまあ……」

「……その、直視できる自信がないです」

自分の裸を見せるよりも、由弦の裸を見るのが恥ずかしいらしい。

その気持ちは分からないでもないが……

「……愛理沙は俺の裸、あまり見たくないのか？」

「え？　い、いや……ど、どうでしょうか？」

「答え辛いか。いや、すまない」

由弦は苦笑した。

あまり見たくないと思っていても、由弦の手前、「見たくない」とは答えにくいだろう。

逆に見たいと思っていても……愛理沙の性格としては「見たい」と素直に答えるのには

抵抗があるというのも想像できる。

「まだ、先の話だね」

「そ、そうです！　こういうのは……少しずつ、進めて行くものです」

「分かってるよ。安心してくれ。いくら混浴したいからって、いきなり裸で風呂に入ったりはしないから。……誰かみたいに」

「そ、その言い方は！　ま、まるで私が、混浴したくて不法侵入してきた変態みたいじゃないですか！」

「いや、言うほど間違ってないような……」

「間違ってます！」

バシバシと愛理沙は由弦の胸板を叩いた。

由弦は悪かったと謝りながら、愛理沙を手で優しく制する。

「まあ、でもさ、愛理沙」

「……何ですか？」

「いつかはしたいと、思っているから」

いつかは必ずする。

由弦がそう強く宣言すると、愛理沙は少し赤い顔で小さく頷いた。

「それにその先も」

付け加えるように由弦はそう言った。

すると愛理沙の顔が増々……耳まで真っ赤に染まる。

「そ、その先って……な、何のことですか⁉」

「それはご想像にお任せする」

「……由弦さんのえっち」

愛理沙はそう言って由弦を睨みつけた。

「えっちな想像をしたのか？」

「違います。……由弦さんはえっちな人なので、どうせ、えっちなことだろうなと……考察したんです。想像したわけではありません」

「酷いな……」

由弦は苦笑いを浮かべた。

とはいえ……

「まあ、間違ってはいないけど」

「全く、悪びれもせず、この人は……正直になるにも程がありますからね？」

愛理沙はそう言って由弦を叱りつけ……

由弦は肩を竦める。

そして二人は見つめ合ってから、楽しそうに笑った。

番外編　雪城愛理沙の願望

ある日の昼休み。

「好きです、雪城さん！　僕と付き合ってください!!」

「……ごめんなさい」

雪城家令嬢、雪城愛理沙は……

いつものように告白を受けて、それを断っていた。

「そ、そうですか。……す、すみません。僕なんか、不相応ですよね……」

「い、いや、そんな……」

「いえ、大丈夫です!!」

慰めようとした愛理沙を置いて、泣きながら少年は駆け出してしまう。

愛理沙は何となく申し訳ない気持ちになり、自分の髪を掻いた。

「相変わらず……モテモテじゃないか、雪城」

と、そこで突然声を掛けられた。

　声の方を向くと……

「……高瀬川さんですか」

　黒髪に青い瞳の少年、高瀬川由弦がそこに立っていた。

　彼は愛理沙の初恋の人であり、そして幼馴染みである。

「これで通算、十三回目だ。……随分と選り好みするじゃないか」

　ニヤニヤと意地悪そうな笑みを浮かべ、由弦はそう言った。

　愛理沙は思わずムッとした表情を浮かべる。

　由弦は幼馴染みだが、しかし決して愛理沙と仲が良いというわけではない。

　むしろ、その逆……

　彼はいつも、愛理沙に意地悪な事ばかりを言うのだ。

「……別に選り好みをしているつもりはありません。単に恋人にしたいと思えなかったから、断っただけです」

「へぇー、自分に相応しいと思える男じゃなかったから、断ったと？」

「そういうわけでは……」

　愛理沙は思わず目を逸らす。

　すると由弦はゆっくりと、愛理沙の方へと近づいてくる。

「それとも、もしかして……」

サワッと、髪を撫でられる。

「好きな男でも、いるのか？」

「やめてください！」

愛理沙は強く、由弦の胸を押した。

由弦は大きくよろけ、後ろに下がった。

……しかしその表情にはとても余裕があった。

「何だ、図星か？」

「……あなたには関係ないです」

愛理沙はそう言って踵を返し、その場から離れる。

しかし背後から聞こえてくる声は……まるでピッタリと貼り付くようで、離れてくれなかった。

「逃げるな、雪城愛理沙。お前の本性は我が儘で、高飛車で、傲慢で、そのくせ誰かに守ってもらえないとまともに口も開けない……そんな女でしょう？　私は」

気が付くとそれは愛理沙の声に変わっていた。

「おい、雪城」

「ひゃん！」

突然、肩を叩かれた愛理沙は思わず声を上げた。

後ろを振り向くと……少し驚いた表情の由弦が立っていた。

「急に変な声を上げるな」

「……す、すみません」

愛理沙は小さく謝り……そして辺りを見回す。

そこは放課後の教室だった。

窓の外から生徒たちが部活に興じている声が聞こえてくる。

「……何でしょうか？」

「話がある。来い」

由弦の言葉に愛理沙は素直に頷いた。

……何となく、由弦の言葉には逆らってはいけない気がしたからだ。

「この辺りでいいか……」

「……えっと」

そこは体育館の裏だった。

一体何だろうと愛理沙は首を傾げる。

「雪城」

「……はい」

由弦に声を掛けられ、愛理沙は由弦の方を向いた。

由弦は言った。

「好きだ。結婚してくれ」

「……え？」

唐突な言葉に愛理沙は目が点になった。

そしてその意味を理解し……自分の顔が急に熱くなるのを感じた。

「な、何をいきなり……」

「いきなりじゃない！」


ドン！


と、由弦は強く壁に手を叩きつけた。

気が付くと愛理沙は壁際に追い込まれていた。

「昔、約束した。結婚しようと」

「そ、そんなのお、覚えて……」

「別に覚えていようが、覚えてなかろうが、どうでもいい」

由弦はそう言いながら、愛理沙の顔を覗き込む。

額と額が触れ合い、鼻と鼻が触れ合いそうになるほどの距離。

「俺と結婚しろ、愛理沙」

「い、嫌だと……言ったら？」

愛理沙の問いに対し由弦は……

ニヤッと笑みを浮かべた。

「無理矢理にでも、結婚したいと言わせる」

由弦はそっと、愛理沙の耳元でそう囁いた。

愛理沙は体の力が抜けるのを感じた。

「……おっと」

ぐっと、愛理沙は下から体を持ち上げられるのを感じた。

由弦が膝を使い、強引に愛理沙の体を支えたのだ。

「や、やめて、ください……」

「何を？」

「そ、その、当たってますから……ひ、膝が……あう……」

由弦がぐりぐりと膝を動かすと、愛理沙は堪らず声を上げた。

背後は壁、正面は由弦の体に挟みこまれているため、愛理沙に退路はない。

「膝がどこに当たってるんだ？」

「ゆ、許してください……」

「なら、ちゃんと立て」

愛理沙は小鹿のように震える足に、必死に力を込めて、何とか立ち上がる。

そんな愛理沙に対し、由弦は増々距離を詰めていく。

愛理沙の柔らかい胸が、由弦の分厚い胸板によって潰される。

「愛理沙の髪は……綺麗だな」

髪を優しく撫でられる。

それだけで愛理沙は腰が砕けてしまいそうになる。

「だ、ダメです……」

思わず愛理沙は顔を背ける。

しかしそれは無防備な頰と耳を、由弦に差し出すのに等しかった。

「フッ……」

「ぁン……」

耳に息を吹きかけられ、愛理沙は堪らず声を漏らした。

立て続けに耳と頰に接吻される。

気が付くと愛理沙は全体重を由弦に預けていた。

「ほら、こっちを向けよ」

強引に顎を摑まれ、由弦の方を向かされる。

それはとても強い力で……逆らえそうにない。

「ゆ、由弦……さん？」

「誓え、愛理沙」

由弦は強い口調で愛理沙に言った。

「俺と結婚すると、誓え。……そうすれば、許してやる」

「ち、誓います……」

「身も心も俺の物になるか？」

「は、はい。わ、私の身も心も全部……ゆ、由弦さんの物です」

愛理沙がそう言うと……由弦は優しく微笑んだ。

先ほどまでの意地悪な顔が嘘のようだった。

「偉いな、愛理沙」

よしよしと、頭を撫でられる。

「じゃあ、愛理沙。キス、しようか」

由弦にそう言われ、愛理沙は目を見開いた。

「さ、さっき、許してくれるって……」

「誓っただろ？　愛理沙の物は俺の物だと。なら、俺が愛理沙に何をしようとも……愛理沙は逆らっちゃダメだろう？」

「そ、そんな……」

酷く横暴なことを言われてしまう。

「ほら、愛理沙。顔を上げて……」

「あ、あぁ……」

愛理沙は逆らうこともできず、顔を上げた。

そして……


「愛理沙、愛理沙……」

「だ、ダメです。ゆ、由弦さん……そ、そんな乱暴な……」

「おい、愛理沙！」

強く体を揺すられ、愛理沙は目を覚ました。

キョロキョロと辺りを見回すと、そこは新幹線の中だった。

「おはよう、愛理沙」

「お、おはよう……ございます」

ゆっくりと意識が覚醒していき、愛理沙はようやく思い出した。

今は温泉旅行の帰りの新幹線の中だということを。

「うなされてたみたいだが、大丈夫か？」

「……え？　は、はい。だ、大丈夫です！」

愛理沙は顔を赤くしながら、こくこくと頷いた。

（あ、あんな夢、どうして……）

愛理沙はつい先ほどまで見ていた夢の内容を思い出す。

これではまるで、由弦に意地悪されたいみたいではないか。

「あ、あの……由弦さん。私、変なこと、言ってませんでした？」

「変なこと？　まあ、特にはないかな……」

「そ、そうですか。それなら……」

「身も心も俺の物なんだって？」

由弦の言葉に愛理沙は顔を耳まで真っ赤にした。

「あ、あの、それは、その……」

「身も心も俺の物なら……何をしてもいいよな？　愛理沙」

由弦はそう言いながら、愛理沙の顔を覗き込んだ。

愛理沙は……動くことができなかった。

由弦は愛理沙の顎に手を添え、そして強引にその唇を……

「はっ！」

と、そこで愛理沙は目を覚ました。

辺りを見回すと、そこは自室だった。

今日は連休明けの登校日だ。

「……何の夢だっけ？」

愛理沙は首を傾げた。

何となく、楽しい夢を見ていたような気がする。

そう、まるで愛理沙の妄想が具現化したような……

「……まあ、いいか」

愛理沙はそそくさと身支度を整えるのだった。

あとがき

お久しぶりです。桜木桜です。

本書を手に取ってくださり、ありがとうございます。

気が付けば四巻となりました。

私の過去作の最長記録は四巻なので、無事に続刊（五巻以降）が出れば、記録更新となります。

ここまで来られたのも、皆さまのご声援のおかげです。

さて、四巻の内容に関してですがこの度はＷｅｂ版と比較して、大幅な加筆・変更を加えさせていただきました。

一巻から三巻は多少の加筆はあれども基本的にエピソード内容は同じでしたが、この四巻に関しては三分の二が新規書き下ろしとなっています。

またＷｅｂ版ではまだ公開していない（はずの）情報も、四巻では公開されました。

そういう意味でＷｅｂ版からの読者の方々にもご満足いただけるような内容になっているのではないかと思っています。

ところで由弦と愛理沙の関係ですが、順風満帆に見えて、実は未解決の大きな〝地雷〟

があったりします。

五巻以降はその辺りに触れつつ、二人が本当の意味での夫婦になれるまでの流れを描くことができればと思っています。

もっとも、〝予定〟なので変わるかもしれませんが……

ところで今回の番外編についてです。

読んでいただければ分かるかと思いますが、今回もＩＦストーリーです。

構造上本編に組み込むこともできるのでＩＦというほどＩＦでもないかもしれませんが。

一応、今回の話のテーマとしては「愛理沙の妄想セット」という感じです。

フルコースではないです。

実は由弦からこういう感じに迫られるのもありだと思っているみたいな、そういう感じですね。

一応断っておくと、普段の由弦に不満があるわけではないです。

でも、甘いケーキばかり食べていたらいくら甘い物が好きな人でも、たまにはしょっぱいものを食べたくなるみたいな……

そういう感覚だと思ってください。

と、そんな愛理沙の意外な（意外ではないかもしれませんが）趣味が明らかになる、そんな番外編でした。

ちなみに番外編の内容は「キスをするまで出られない部屋」にするか、ギリギリまで悩みました。

没にしたのはあっさり出られそうだなと思ったからです。

由弦と愛理沙は「やらなければならない理由」があれば、何だかんだでやれる人間だと思っています。

それと番外編であっさりキスさせるのもね……と思ったりしました。

とはいえ、「〇〇をするまで出られない部屋」はやってみたいと思っているので、別の番外編か何かの機会に書こうと思っています。

早ければ五巻の番外編で書きます。

なので、読みたいという方は五巻以降の購入の方もよろしくお願いします。

まだ字数には余裕があるようなので、作中の性描写について語ろうかなと思います。

今更ではありますが、作中では主人公が性的に興奮しているような描写があります。

正直なところ、こういうのは書くべきではないのかなと思わないでもないです。

それでも一応書いています。

その理由ですが「好きな女の子の魅力的な姿を見て興奮しない方がおかしい」と思っているからです。

というよりも、興奮できないなら、もうそれ好きじゃないのでは？　と思います。

結婚して十年以上経った熟年夫婦なら別かもしれませんが、若い高校生がそれは違うだろうと思います。

もちろん、書いてないからといって興奮していないことにはならないのも事実です。

あえて書かないという方針もあるでしょう。

実際、私も書いていない裏設定や描写はあったりします。

ただ、少なくとも今作品では、そういう描写を入れることにしています。

「興奮していることを知られるのが恥ずかしい」とか「興奮されるのは気まずい」みたいな物を書きたいと思っているからです。

この辺りについては好き好みの問題になりますね。

なので、次回作……があるかは分かりませんが、もしかしたら次回作では書かなかったりするかもしれません。

別に信条として絶対に書かなければいけないと思っているほどの物ではありません。

とりあえず今作、特に四巻まではそういう方針で書いているというだけの話ですね。

あと、私の短い人生経験上ですが、「反応しなければいけない時に反応しない」のは大変気まずいです。

空気が凍ります。ギスギスします。

一の行動は百の言葉に優るので、どれほど言葉を重ねてもフォローできません。

と、まあ、由弦君にはそういう目にあって欲しくないので、元気でいてもらっています。

次に軽く宣伝をしておきます。

三巻でも告知させていただきましたが、現在ヤングエースupにて、本作のコミカライズ版（漫画版）が連載中です。

インターネットで検索すれば読めると思いますので、もしよろしかったらぜひご覧ください。

ではそろそろ謝辞を申し上げさせていただきます。

挿絵、キャラクターデザインを担当してくださっている clear 様。この度も本当に素晴らしい挿絵、カバーイラストを描いてくださり、ありがとうございます。

四巻まで続けることができたのは、clear 様のおかげであると思っております。

またこの本の制作に関わってくださった全ての方、何よりこの本を購入してくださった読者の皆様にあらためてお礼を申し上げさせていただきます。

それでは五巻でまたお会いできることを祈っております。

お見合いしたくなかったので、無理難題な条件をつけたら同級生が来た件について4

著　桜木桜

角川スニーカー文庫　23171

2022年5月1日　初版発行
2022年6月30日　再版発行

発行者　青柳昌行

発　行　株式会社KADOKAWA
〒102-8177 東京都千代田区富士見2-13-3
電話　0570-002-301（ナビダイヤル）

印刷所　株式会社KADOKAWA
製本所　株式会社KADOKAWA

Printed in Japan　ISBN 978-4-04-112498-7　C0193

★ご意見、ご感想をお送りください★
〒102-8177 東京都千代田区富士見 2-13-3
株式会社KADOKAWA　角川スニーカー文庫編集部気付
「桜木桜」先生
「clear」先生

角川文庫発刊に際して

角川源義

第二次世界大戦の敗北は、軍事力の敗北であった以上に、私たちの若い文化力の敗退であった。私たちの文化が戦争に対して如何に無力であり、単なるあだ花に過ぎなかったかを、私たちは身を以て体験し痛感した。西洋近代文化の摂取にとって、明治以後八十年の歳月は決して短かすぎたとは言えない。にもかかわらず、近代文化の伝統を確立し、自由な批判と柔軟な良識に富む文化層として自らを形成することに私たちは失敗して来た。そしてこれは、各層への文化の普及滲透を任務とする出版人の責任でもあった。

一九四五年以来、私たちは再び振出しに戻り、第一歩から踏み出すことを余儀なくされた。これは大きな不幸ではあるが、反面、これまでの混沌・未熟・歪曲の中にあった我が国の文化に秩序と確たる基礎を齎らすためには絶好の機会でもある。角川書店は、このような祖国の文化的危機にあたり、微力をも顧みず再建の礎石たるべき抱負と決意とをもって出発したが、ここに創立以来の念願を果すべく角川文庫を発刊する。これまで刊行されたあらゆる全集叢書文庫類の長所と短所とを検討し、古今東西の不朽の典籍を、良心的編集のもとに、廉価に、そして書架にふさわしい美本として、多くのひとびとに提供しようとする。しかし私たちは徒らに百科全書的な知識のジレッタントを作ることを目的とせず、あくまで祖国の文化に秩序と再建への道を示し、この文庫を角川書店の栄ある事業として、今後永久に継続発展せしめ、学芸と教養との殿堂として大成せんことを期したい。多くの読書子の愛情ある忠言と支持とによって、この希望と抱負とを完遂せしめられんことを願う。

一九四九年五月三日

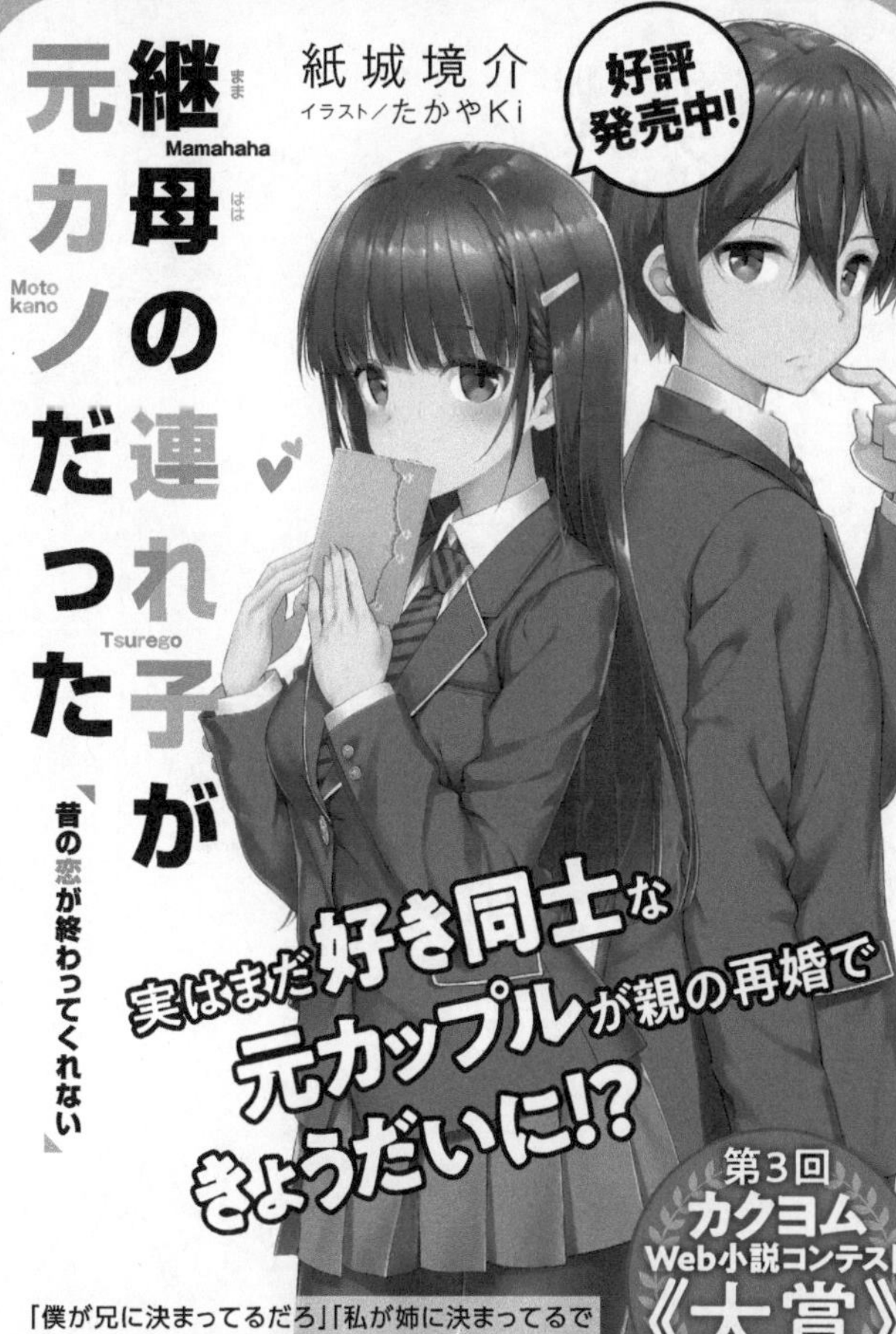
継母の連れ子が元カノだった
Mamahaha
Motokano
Tsurego
昔の恋が終わってくれない
紙城境介
イラスト／たかやKi
好評発売中!
実はまだ好き同士な元カップルが親の再婚できょうだいに!?
第3回カクヨムWeb小説コンテスト《大賞》ラブコメ部門
「僕が兄に決まってるだろ」「私が姉に決まってるでしょ?」親の再婚相手の連れ子が、別れたばかりの元恋人だった!? “きょうだい”として暮らす二人の、甘くて焦れったい悶絶ラブコメ――ここにお披露目!
スニーカー文庫